HEYNE

Das Buch

Die hübsche Ashley und ihr eifersüchtiger Freund Ross verbringen die Sommerferien im kleinen Strandbad Dunehampton. Gemeinsam mit Lucy und Kip genießen sie unbeschwert die Sonne und das Meer. Genauso, wie über dreißig Jahre vorher die Teenager Maria, Amy, Ronnie und Stuart. Doch in dem Sommer des Jahres 1956 geschah etwas Furchtbares, das seinen Schatten auf die Gegenwart wirft. Was geschah damals in jenem Strandhaus, in dem der seltsame Junge Buddy wohnte? Jetzt ist das Haus verlassen und verfällt immer mehr, und die alten Geschichten und Gerüchte geraten langsam in Vergessenheit.

Da sind plötzlich Lucy und Kip verschwunden. Ist der Horror nach Dunehampton zurückgekehrt? Für Ashley beginnt die gefährliche Suche nach dem düsteren Geheimnis des alten Hauses ...

Der Autor

Robert Lawrence Stine wurde 1943 in Columbus/Ohio geboren. Bereits mit neun Jahren entdeckte er seine Liebe zum Schreiben. Seit 1965 lebt er in New York City. Zunächst arbeitete er an TV-Serien und Abenteuergeschichten, seit 1986 aber widmet er sich nur noch dem Horror. Seine »Gänsehaut«-Romane und die Serie »Fear Street« lehrten Millionen Jugendliche das Fürchten. Heute ist R. L. Stine einer der produktivsten und erfolgreichsten Autoren der Gegenwart.

Eine Liste der im WILHELM HEYNE VERLAG erschienen Bücher von R. L. Stine finden Sie am Ende des Bandes.

R. L. STINE

DAS STRANDHAUS

Roman

Aus dem Amerikanischen
von Elke Bartels

WILHELM HEYNE VERLAG
MÜNCHEN

HEYNE ALLGEMEINE REIHE
Band-Nr. 01/13476

Titel der Originalausgabe
BEACH HOUSE

Umwelthinweis:
Dieses Buch wurde auf
chlor- und säurefreiem Papier gedruckt.

Taschenbucherstausgabe 07/2002

Published by arrangement with Scholastic Inc.
Dieses Werk wurde vermittelt durch
die Literarische Agentur Thomas Schlück GmbH, 30827 Garbsen

Die deutsche Erstausgabe erschien im Cora Verlag in der Reihe
MYSTERY unter dem Titel »Sie warten auf Dich, Brian«
Printed in Germany 2002
Umschlagillustration: Oliviero Berni/Agentur Schlück
Umschlaggestaltung: Hauptmann und Kampa Werbeagentur, CH-Zug
Satz: Buch-Werkstatt GmbH, Bad Aibling
Druck und Bindung: Elsnerdruck, Berlin

ISBN: 3-453-19903-0

http://www.heyne.de

1. Kapitel

Sommer 1956

»Hey, stell das Radio lauter«, sagte Maria. »Ich liebe diesen Song!«

Amy, die neben ihrer Freundin auf der Stranddecke lag, streckte träge den Arm aus und drehte den Knopf an dem roten Plastikradio. »Sh-Boom Sh-Boom«, dröhnte es aus dem Lautsprecher.

»Sh-Boom Sh-Boom Sh-Boom.«

»Einfach toll, dieser Text«, meinte Amy kichernd. »Wer singt das?«

»The Crewcuts«, erklärte Maria mit geschlossenen Augen hinter ihrer pinkfarbenen Sonnenbrille. »War die erste Single, die ich gekauft habe, als ich meinen 45er-Plattenspieler bekam.« Sie öffnete die Augen und stützte sich auf die Ellenbogen. »Kannst du es nicht noch lauter stellen?«

Amy schüttelte den Kopf, und ihre kurzen blonden Locken fingen das goldene Licht der Nachmittagssonne ein. »Die Batterien sind fast leer.«

»Sh-Boom Sh-Boom. Yadadada.«

»Es ist so toll!«, schwärmte Maria. »Ich habe den Titel wieder und wieder gespielt, so oft, bis die Nadel abgenutzt war und die Platte weiß wurde.«

Amy schaute blinzelnd zu ihrer Freundin hoch. »Mein Dad würde mich niemals eine Rock'n'Roll Platte kaufen lassen«, sagte sie missmutig. Sie fummelte an den Trägern ihres Badeanzugs herum. Amy war klein und ziemlich dünn, mit einer knabenhaften

Figur, und der blau-weiß-geblümte Einteiler war etwas zu groß für sie. »Dad findet, es ist einfach nur Krach.«

»Sh-Boom Sh-Boom.«

Die beiden Mädchen legten sich wieder auf ihrer Stranddecke zurecht und genossen die warme Sonne, während sie sich den Rest des Songs anhörten. Vor ihnen rollten die blaugrünen Wellen des Ozeans sanft plätschernd auf dem Sand aus. Kinder kreischten fröhlich und rannten am Strand hin und her. Ein paar Schwimmer testeten das Wasser, das immer noch winterlich kalt war.

Maria spürte die Sonne auf ihren Schultern brennen. Ich sollte mehr Sonnenschutzlotion auftragen, dachte sie. Aber sie war heute zu faul zu allem. Sie hatte keine Lust, irgendetwas zu tun.

Der Song endete, und die flotten Sprüche des Discjockeys plärrten aus dem kastenförmigen tragbaren Radio. »Und jetzt die Singende Superröhre, Miss Patti Page.« »Moonlight in Vermont« ertönte. Amy drehte die Lautstärke herunter.

»Und das den ganzen Sommer lang«, meinte Maria träumerisch. Sie seufzte zufrieden. »Nicht schlecht, was?«

»Ich glaube, es lässt sich aushalten«, erwiderte Amy.

»Einfach nur am Strand faulenzen, im Meer schwimmen und die Stadt unsicher machen.« Lächelnd zog Maria das Gummiband fester, das ihren Pferdeschwanz zusammenhielt. Sie hatte glattes, seidiges schwarzes Haar, das sie fast immer zu einem Pferdeschwanz zusammengebunden trug. Ihr voller, gerade geschnittener Pony fiel glatt in die Stirn und endete zwei Zentimeter über ihren braunen Augen.

»Vergiss Ronnie nicht«, sagte Amy und griff nach der Flasche mit der Sonnenschutzlotion. »Ronnie ist auch für den ganzen Sommer hier in Dunehampton.«

»Du hast es gut«, meinte Maria seufzend.

Amy und Ronnie gingen jetzt seit beinahe einem Jahr fest miteinander. Maria fand, die beiden waren ein drolliges Pärchen. Ronnie war so groß und schlaksig, dass er sich praktisch herunterbeugen musste, um mit der kleinen Amy zu sprechen. Er nannte Amy »Maus«, ein Spitzname, den sie hasste. Maria musste jedoch insgeheim zugeben, dass die kleine, magere Amy mit ihren kurzen blonden Locken, den graublauen Augen und der winzigen Knopfnase tatsächlich Ähnlichkeit mit einer Maus hatte.

Einer niedlichen Maus.

Maria gab sich alle Mühe, nicht neidisch auf Amy zu sein, aber es fiel ihr schwer. Maria hatte keinen Freund. Tatsache war, dass sie trotz ihres dunklen, exotischen Aussehens und ihres lustigen, überschäumenden Temperaments noch nie fest mit irgendjemandem gegangen war.

Aber wer weiß, dachte sie sehnsüchtig, als sie an ihrer Freundin vorbeiblickte und den breiten, hellen Sandstrand voller sonnenhungriger Leute betrachtete. Vielleicht wird sich ja diesen Sommer einiges ändern.

Sie und ihre Tante waren vor einer Woche in Dunehampton angekommen, und Maria hatte bereits zwei Jungs kennen gelernt, die sich für sie zu interessieren schienen.

Da war als Erstes Buddy. Sie hatte Buddy an ihrem ersten Tag am Strand getroffen. Er war einfach neben ihr aufgetaucht, scheinbar wie aus dem Nichts. Er wirkte irgendwie verloren, also hatte Maria angefangen, sich mit ihm zu unterhalten.

Sie hatten sich auf Anhieb verstanden. Buddy sah gut aus, aber er war schüchtern und wirkte verlegen. Und ein bisschen unbeholfen. Er war ein ernsthafter Typ, wie Maria sofort erkannt hatte. Es lag ihm nicht, herumzualbern, so wie die meisten Kids es taten. Deshalb hatten sich Ronnie und ein paar der anderen Jungs angewöhnt, ihn aufzuziehen, um ihn aus der Reserve zu locken und auf die Palme zu bringen.

Aber Maria fühlte sich irgendwie zu Buddy hingezogen, trotz seiner Ernsthaftigkeit, seiner tollpatschigen Schüchternheit. Buddy war eben ... nun ja, anders.

Und dann war da noch Stuart. Stuart war ein Freund von Ronnie, obwohl er nicht auf dieselbe Schule ging. Ronnie hatte Stuart und Maria in der Stadt miteinander bekannt gemacht.

Stuart war Mr. Rock and Roll. Mr. Echt Cool. Er war ein unheimlich witziger Typ. Blödelte immer herum, mischte überall mit. Schnippte immer mit den Fingern zu irgendeiner Melodie, die niemand sonst hören konnte. Kämmte ständig sein mit Brillantine eingefettetes Haar, das ihm in einer hohen Tolle in die Stirn fiel und im Nacken in einem Entenschwanz über seinen Hemdkragen zurückgebürstet war.

Er bildete sich ein, das ließe ihn knallhart aussehen. Maria nahm an, er wollte wie einer der jugendlichen Rebellen in einem Marlon-Brando-Film aussehen oder so.

Aber Stuart würde niemals richtig knallhart wirken. Dafür war er zu süß. Und zu witzig.

Und manchmal auch zu albern, entschied Maria. In vielfacher Hinsicht genau das Gegenteil von Buddy.

Sie dachte an den Abend zuvor, als eine ganze

Gruppe von Teenagern – Feriengäste und Stadtleute – sich in den flachen, grasbewachsenen Dünen am Strand versammelt hatten. Sie war nicht sicher, wie es angefangen hatte. Vielleicht hatte jemand Stuart dazu angestiftet, ihm die Idee in den Kopf gesetzt. Aber ganz plötzlich war er aufgesprungen, hatte so getan, als spielte er Gitarre, und war dann wie Bill Haley and the Comets herumgehüpft und hatte aus voller Kehle »Shake, Rattle & Roll« gesungen.

Es dauerte nicht lange, und ein ganzer Haufen Jungs gesellte sich dazu, und alle sangen »Shake, Rattle & Roll« und tanzten wie die Wilden herum. Und die Mädchen hatten einen großen Kreis gebildet und lachend mit den Händen den Takt geklatscht und »Crazy, man, crazy! Crazy, man, crazy!« dazu gesungen.

Es hatte riesigen Spaß gemacht.

Doch Buddy hatte nur mit den Händen in den Taschen seiner Shorts dagestanden. Hatte ein gezwungenes Lächeln aufgesetzt, sich aber sichtlich unbehaglich dabei gefühlt.

Maria, die begeistert mit den anderen sang, hatte ihn am äußersten Rand des Kreises entdeckt. Er hatte versucht, mitzuklatschen, war aber nicht ganz mit dem Rhythmus klargekommen.

Irgendwie tat er ihr Leid.

Armer, ernster Buddy.

Buddy und Stuart. Stuart und Buddy.

Trotzdem, es könnte ein interessanter Sommer werden, dachte Maria.

Amy unterbrach ihre Gedanken abrupt. »Hey, sieh dir das Mädchen an!«, rief sie und stupste ihre Freundin aufgeregt in die Seite. Maria folgte Amys Blick über mehrere Decken hinweg und sah ein Mädchen mit kurzem, rotem Haar, das in einem zweiteiligen

Badeanzug am Strand stand, einen Picknickkorb in der Hand.

»Guck dir bloß diesen Badeanzug an«, meinte Amy. »So was von winzig!«

»Ich schätze, es ist einer von diesen französischen«, erwiderte Maria interessiert starrend, als das Mädchen den Picknickkorb absetzte.

»Was?«

»Man nennt sie ›Bikini‹, glaube ich«, sagte Maria. »Ich habe neulich Fotos davon im ›Look‹-Magazine gesehen.«

»Okay, kann ja sein, dass sie so was in Frankreich tragen«, meinte Amy. Sie konnte ihren Blick einfach nicht von der Fremden abwenden, die durchaus wusste, dass sie Aufsehen erregte und ihr Bikini eine Menge neugieriger Blicke auf sich zog. »Aber hier werden sich diese Fummel nie durchsetzen.«

Maria lachte.

»Mich wirst du jedenfalls nie in so einem Ding erwischen«, gab Amy beharrlich zurück. »Guck nur, man sieht ihren Bauchnabel.«

»Ich finde ihn irgendwie gut«, sagte Maria. Sie wollte noch etwas hinzufügen, hielt aber inne, als sie Ronnie und Stuart um Sonnenschirme und Strandlaken herum auf sich zurasen sah.

»Hey, was ist los?«, rief Maria.

Überrascht sprangen die Mädchen auf und zogen ihre Badeanzüge zurecht.

»Es … geht um Buddy!«, rief Ronnie.

Beide Jungs zeigten auf den Ozean hinaus.

Maria blickte in die angegebene Richtung und sah ihn sofort.

Buddy war im Wasser, ziemlich weit draußen, und die Wellen schäumten um ihn herum.

Und er schrie, wie Maria sah.
Schrie aus Leibeskräften.
Schrie um Hilfe.

»Buddy!«, rief Maria alarmiert. Sie rannte auf das Wasser zu, blieb jedoch nach ein paar Schritten wieder stehen, als sie merkte, dass Stuart und Ronnie lachten.

Sie waren tropfnass, ihre weiten Schwimmshorts klebten an ihren Beinen. Nasser Sand haftete an ihren Füßen, als sie auf die erschrockenen Mädchen zukamen.

»Hey, Ronnie, was ist denn daran so witzig?«, wollte Amy wissen.

Weit draußen im Meer kämpfte Buddy mit den Wellen. Nur sein Kopf und seine Schultern waren in dem glitzernden, blaugrünen Wasser sichtbar, während er verzweifelt mit einer Hand winkte.

»Wir müssen ihm helfen«, drängte Maria. »Warum seid ihr weggelaufen und habt ihn allein gelassen?«

Stuarts Grinsen wurde noch breiter. Er hielt eine marineblaue Badehose hoch. »Wir haben ihm die Hose geklaut.«

»Was?«

Maria sah Buddy jetzt wie wild mit beiden Händen fuchteln, doch seine Schreie wurden vom ständigen Rauschen der Brandung übertönt.

»Wir haben ihm die Hose geklaut«, wiederholte Stuart. Er schwenkte die Schwimmshorts wie eine Flagge triumphierend in der Luft herum, um Buddy zu verhöhnen.

»Seht ihn euch an! Er wird sich sonst was abfrieren ...« begann Ronnie.

Maria unterbrach ihn, indem sie Stuart die Badehose aus der Hand riss und sie Ronnie um die Ohren schlug. »Wie konntet ihr das tun? Das ist nicht lustig!«

Ronnie schnappte ihr die nasse Hose weg. »Und ob es das ist!«, erklärte er und brach in prustendes Gelächter aus.

Die anderen drei mussten ebenfalls lachen.

Es war schon irgendwie witzig.

Besonders, wenn man sah, wie Buddy auf den Wellen hüpfte und verzweifelt rief und mit beiden Armen winkte, unfähig, herauszukommen oder sich auch nur dem Strand zu nähern.

»Er wird erfrieren!«, sagte Maria und starrte auf die Schwimmshorts, die Ronnie Stuart wie einen Turban um den Kopf gewickelt hatte. Und dann musste sie wieder kichern. »Das Wasser ist immer noch eisig kalt!«

»Na und?«, fragte Stuart achselzuckend.

»Buddy hasst solche Scherze«, fuhr Maria fort. »Warum müsst ihr zwei immer auf ihm herumhacken?«

»Weil er so seltsam ist«, erwiderte Stuart schnell.

»Weil er so ein Spießer ist«, fügte Ronnie hinzu.

»Stimmt. Er ist so spießig, dass es nicht zum Aushalten ist«, ergänzte Stuart.

»Armer Kerl«, meinte Amy leise und blickte aufs Wasser hinaus.

»Wo sind die Rettungsschwimmer?«, fragte Maria, während sie den Strand absuchte und ihr Blick schließlich auf der leeren Beobachtungsplattform haften blieb. »Wie können sie Buddy einfach da draußen lassen, ohne …«

»Die Rettungsschwimmer fangen erst in einer Woche mit ihrer Arbeit an«, erklärte Amy.

»Komm schon, Stuart.« Maria wollte die Badehose

packen, aber Stuart wich ihr lachend aus. »Gib Buddy seine Hose zurück.«

»Komm doch und hol sie dir«, sagte er spielerisch, zerrte sich die Hose vom Kopf und wedelte damit vor ihrer Nase herum wie ein Torero bei einem Stierkampf.

»Nun hört mal, Jungs. Wir können ihn doch nicht seinem Schicksal überlassen. Denkt dran, gestern sind Haie ziemlich dicht am Ufer gesehen worden. Und da draußen könnten Quallen sein!«, rief Amy hitzig.

Beide Jungs brüllten vor Lachen.

Maria setzte zu einem Hechtsprung auf die Badehose an, verfehlte jedoch ihr Ziel.

Das löste ein begeistertes Fangen-Spiel aus, während die Hose zwischen Stuart und Ronnie hin- und herflog und die Mädchen eifrige, aber erfolglose Versuche machten, Buddys Hose zu erwischen.

Buddy hatte inzwischen aufgehört zu rufen und zu winken. Er trieb ruhig auf den Wellen und beobachtete das Spiel am Strand.

»Hab sie!« Lachend schnappte Maria sich die Badehose und rannte davon.

Sie war am Rand des Wassers angekommen, und die Wellen schwappten bereits um ihre Knöchel, als Stuart hinter ihr hergeflitzt kam, sich von hinten auf sie stürzte und sie zu Boden riss. Noch im Fallen schleuderte sie die Hose mit aller Kraft aufs Meer hinaus.

»Uff!« Sie schlug lang auf den nassen Sand auf, Stuarts Arme immer noch um ihre Taille. »Geh runter von mir!«

Lachend rollte er sich weg. Als Maria aufschaute, trieb Buddys Badehose knapp hinter der Linie, wo sich die Wellen am Strand brachen, und Buddy bahnte sich verzweifelt einen Weg zu der Stelle, halb laufend, halb schwimmend, sein attraktives Gesicht vor Wut verzerrt.

»O nein!« Maria stöhnte, als die Hose in die Tiefe sank und in den grünlichen Wellen verschwand, bevor Buddy sie erreichen konnte.

Er tauchte unter, als ein hoher Brecher donnernd über seinem Kopf zusammenschlug. Alle vier schauten interessiert zu und warteten darauf, dass er wieder an der Oberfläche erschien. Wenige Sekunden später tauchte Buddy hinter dem Wellenkamm wieder auf, prustend und spuckend – und ohne Badehose.

Stuart klatschte lachend in die Hände. »Ich hab seinen Hintern gesehen!«

Alle lachten, sogar Maria. Buddy sah wirklich lächerlich aus, wie er sich da draußen abstrampelte. Selbst sie musste das zugeben.

Er drohte ihnen mit der Faust und tauchte dann unter einer weiteren Welle hindurch, verzweifelt auf der Suche nach seiner versunkenen Badehose.

Wieder vergeblich.

»Bringt mir eine andere!«, rief Buddy atemlos, während er so nahe an den Strand herankraulte, wie er sich traute.

»Was? Ich kann dich nicht hören!«, rief Stuart zurück und legte eine Hand ans Ohr, als verstände er nicht.

»Ein Handtuch!«, rief Buddy unglücklich. »Bringt mir wenigstens ein Handtuch, okay?«

»Kann dich nicht verstehen!«, wiederholte Stuart.

Buddy brüllte seine Bitte so laut, wie er konnte.

»Schätze, er will, dass wir gehen«, meinte Stuart

unbekümmert. Er nahm Marias Hand und machte Anstalten, sie vom Ufer wegzuziehen,

»Hey, Stuart, warte! Wir können ihn doch nicht einfach da draußen lassen!«, protestierte Maria.

»Um was wollen wir wetten?«, lautete Stuarts Antwort.

Und bevor Maria ganz begriff, was geschah, gingen sie alle vier davon, lachend und quatschend und sich gegenseitig spielerisch in die Seite boxend, während Stuart eine unglaublich komische Imitation der Szene lieferte, wie Buddy von dem überfüllten Strand wegzukommen versuchte – ohne Hose.

Eine Weile später, als die ersten Schatten über den Sand krochen und die Sonne hinter den Dünen unterging, sammelte Maria ihre Sachen ein und stopfte sie in ihre Strohtasche.

Seemöwen patroullierten am Saum des Wassers entlang und suchten nach Resten, die die Strandbesucher übrig gelassen hatten. Ein paar Schwimmer trotzten der Kälte des spätnachmittäglichen Ozeans. Aber die Wellen waren jetzt wesentlich höher, und die Luft brachte die Kühle des Abends mit sich. Die meisten Leute, einschließlich Ronnie und Amy, hatten inzwischen ihre Sachen gepackt und waren nach Hause gegangen.

Was für ein irrer Nachmittag, dachte Maria und lächelte vor sich hin. Dieser Stuart ist ein richtiger Clown.

Sie hatte den Gedanken kaum zu Ende gedacht, als er neben ihr auftauchte. Er trug einen orange-gelbgestreiften Bademantel über seinen Schwimmshorts und ein Handtuch um die Schultern geschlungen. »Worüber lächelst du, Maria?«

Sie zuckte die Achseln. »Ach, nur so.«

»Hör mal ... äh ... Ronnie und Amy fahren heute Abend ins Dunehampton Drive-in.«

»Was wird denn gespielt?«, fragte sie, während sie sich abmühte, ihre zusammengefaltete Stranddecke in die Strohtasche zu zwängen.

»*Das Ungeheuer der schwarzen Lagune*«, erklärte Stuart. »Willst du nicht auch hingehen? Ich meine, mit mir?«

»Ja«, antwortete sie eifrig. Dann verblasste ihr Lächeln. »O nein, ich kann nicht! Ich hab Buddy praktisch versprochen, heute etwas mit ihm zu unternehmen.«

»Buddy?« Stuart grinste und schlug mit seinem Handtuch spielerisch nach einem Büschel Strandhafer. »Vergiss ihn. Der schwimmt wahrscheinlich immer noch im Meer!«

Sie mussten beide lachen. Maria fing sich als Erste. »Das war wirklich gemein.«

»Ja, ich weiß«, meinte er grinsend. »Wo wohnt er eigentlich? Ist er aus der Stadt?«

»Ich glaube nicht«, erwiderte sie. »Er wohnt dort in dem neuen Haus da drüben am Ende des Strandes.«

Das Haus, ein großes, massives Gebilde aus Redwood, stand direkt am Wasser und ragte auf hölzernen Stützpfeilern ein Stück auf den Ozean hinaus.

»Was, da? Ich habe gehört, das Haus soll irgendwas Unheimliches an sich haben. Es soll leer stehen, seit es damals gebaut wurde.«

»Jetzt steht es nicht mehr leer«, erwiderte Maria. »Ich habe Buddy dort gesehen.«

»Versetz ihn heute Abend«, drängte Stuart, der immer noch auf das dunkle Strandhaus in der Ferne starrte.

»Warum?«, wollte sie wissen.

»Weil er übergeschnappt ist«, witzelte er. »Nein, jetzt mal im Ernst«, bat er, während sie langsam am Strand entlanggingen und ihre nackten Füße bei jedem Schritt im weichen Dünensand versanken. »Er ist so … seltsam.«

»Er ist sehr sensibel«, sagte Maria aus dem Gefühl heraus, Buddy verteidigen zu müssen.

»Sensibel? Du meinst, er hat keinen Sinn für Humor«, erwiderte Stuart hitzig. »Er ist ein Miesepeter. Wenn er zu lächeln versucht, sieht er aus wie Howdy Doody. Du weißt schon. Als wäre sein Lächeln aufgemalt.« Er ahmte Buddys Lächeln nach.

Maria platzte übermütig los. Es war eine sehr gute Imitation. Buddy sah tatsächlich wie die Fernsehpuppe Howdy Doody aus, wenn er lächelte. So starr.

»Es macht überhaupt keinen Spaß, mit ihm zusammen zu sein«, fügte er hinzu.

»Ja. Hmm …« Maria musste zugeben, dass Stuart Recht hatte. Buddy war wirklich nicht der Typ, der einen zum Lachen brachte.

Aber lachen ist nicht alles, sagte sie sich im Stillen. Es gibt mehr im Leben, als Streiche aushecken und die ganze Zeit herumalbern.

»Ich mag ihn, weil er anders ist«, erklärte sie. »Er ist sehr klug.«

Stuart stöhnte beleidigt. »Lass ihn sausen, Maria. Ich schätze, ich kann mir heute Abend den Thunderbird von meinem Dad ausleihen. Wir könnten im großen Stil ins Autokino fahren!«

»Ihr habt einen Thunderbird?« Maria stellte ihre schwere Strohtasche einen Moment ab und drehte sich zu ihm um. »Welche Farbe?«

»Pink. Mit grauen Ledersitzen. Ein Kabrio.«

»Ein Thunderbird Kabriolett? Wow, ich bin noch nie in einem Thunderbird Kabriolelett gefahren«, rief sie aufgeregt.

»Dann lässt du Buddy also heute sitzen und kommst mit mir?«, fragte Stuart eifrig.

»Okay. Ich muss mir nur für Buddy noch eine Entschuldigung ausdenken. Aber er wird schon drüber wegkommen.«

»Yippieh!«, rief Stuart begeistert und warf sein Handtuch in die Luft. »Ich hole dich um sieben ab.« Und dann rannte er mit einem »See you later, alligator!« in die entgegengesetzte Richtung zum Cottage seiner Eltern davon.

Maria hängte sich erneut ihre Strohtasche über die Schulter und machte sich auf den Nachhauseweg. Das Ferienhaus, das ihre Eltern jeden Sommer mieteten, stand an der schmalen Straße, die von den Dünen wegführte, nur zehn Minuten entfernt.

Im Gehen starrte sie geradeaus auf das dunkle Holzhaus am Ende des Strandes, das jetzt in die graublauen Schatten der hereinbrechenden Dämmerung gehüllt war.

Wer wohl das Haus an dieser so merkwürdigen, gefährlichen Stelle gebaut hat?, fragte sie sich. So ganz für sich. Halb im Wasser.

Und warum steht es schon so lange leer?

Ein letzter Sonnenstrahl reflektierte rötlich auf einer der Fensterscheiben. Dann wurde das Fenster augenblicklich wieder dunkel.

Als hätte das Haus mir zugezwinkert, dachte Maria.

Sie verlagerte das Gewicht ihrer Tasche auf die andere Schulter und bog in die Straße ein.

Sie sah nicht die dunkle Gestalt, die sich geduckt hinter der flachen Sanddüne versteckte.

Sie sah Buddy nicht, der sich – ein Strandlaken um die Hüften geschlungen – dicht an die Düne presste, während er über das hohe Gras hinweg spähte und sie beobachtete. Und lauschte.

Er hatte jedes Wort gehört, das Maria und Stuart gesagt hatten.

Und als Maria um eine Biegung in der Straße verschwand, blieb er dort in dem Flecken von Dunkelheit auf der Rückseite der Düne.

Und zitterte am ganzen Körper.

Zitterte so sehr, dass seine Zähne aufeinander schlugen.

Aber nicht vor Kälte.

Sondern vor Wut.

2. Kapitel

»War es nett mit Stuart?«, wollte Amy wissen.

Maria nickte nur und lächelte.

Es war der folgende Nachmittag. Der Himmel war ziemlich bewölkt, über dem Meer lag dichter Nebel. Die beiden Freundinnen hatten beschlossen, einen langen Spaziergang am Strand entlang zu unternehmen.

»Hat Stuart den Thunderbird von seinem Dad genommen?«, fragte Amy. Sie hatte Maria schon den ganzen Nachmittag nach Einzelheiten des vergangenen Abends ausgequetscht, allerdings mit wenig Erfolg. Maria war in einer ihrer stilleren, nachdenklicheren Stimmungen.

»Ja«, erwiderte sie, während sie in die milchigen Nebelschwaden über dem Meer starrte. »Es ist ein echter Traumwagen. Wie ein Modell in irgendeiner Zeitschrift.«

»Stuart scheint wirklich auf dich zu stehen«, meinte Amy.

»Na ja ... ich schätze, ich stehe auch auf ihn«, sagte Maria nach einer Weile. »Er ist ein bisschen unreif, aber ...«

Amy unterbrach sie. »Alle Jungs sind unreif.« Sie bückte sich, um eine Muschel aufzuheben.

Maria blickte geradeaus auf das geheimnisvolle Strandhaus einige hundert Meter vor ihnen. Das dunstige Licht des Nachmittags ließ das Haus noch düsterer als gewöhnlich wirken. Die Flut kam zurück, und Wellen rollten unter das Haus, brachen sich schäumend an den Stützpfeilern und strömten dann rauschend wieder zurück.

Plötzlich glitt die Glastür auf, die aufs Meer hinausging, und eine Gestalt stürzte heraus, eilte die Stufen hinunter und kam geradewegs auf die beiden Mädchen zugerannt.

»Buddy!«

Marias Magen krampfte sich vor Schreck zusammen.

Sie hatte sich nicht gerade darauf gefreut, ihn zu sehen, ihm erklären zu müssen, warum sie ihn am Abend zuvor versetzt hatte.

Sie wusste, er würde wütend sein. Deswegen. Und wegen der Sache mit der Badehose.

Buddy hasste es, wenn man ihn aufzog. Und was sie gestern mit ihm angestellt hatten, war weit schlimmer als bloßes Aufziehen gewesen.

»Hey!«, rief er und winkte ihnen im Laufen zu.

Vielleicht sollte ich kehrtmachen und wegrennen. überlegte Maria voller Panik. Sie warf Amy einen

Blick zu und sah den unbehaglichen Ausdruck auf dem Gesicht ihrer Freundin.

Aber wo hätten sie hinlaufen sollen? Außerdem wäre das kindisch.

Sie hatten gerade darüber gesprochen, wie kindisch und unreif Jungs waren. Sie musste Buddy wie eine reife Erwachsene gegenübertreten.

»Hi, wie geht's?«, fragte Buddy, als er ein paar Meter vor ihnen mit nackten Füßen abbremste und ein Stück über den feuchten Sand schlidderte. Er lächelte erst Amy an, dann Maria.

Er trug ein ärmelloses blaues T-Shirt und ausgebeulte Schwimmshorts im Hawaii-Stil und hatte sich ein weißes Frotteehandtuch um den Hals geschlungen. Seine breiten Schultern waren bereits gebräunt, obwohl der Sommer gerade erst begonnen hatte.

»Hi.« Maria lächelte schüchtern. »Wegen gestern Abend ...«

»Die Sonne kommt sicher bald durch«, meinte er, schirmte die Augen mit einer Hand ab und spähte in den weißlichen Himmel hinauf. »Seid ihr im Wasser gewesen?«

»Nein. Brrr.« Amy schlang die Arme um ihren Körper und schüttelte sich. »Das Meer ist doch noch eisig.«

»Nein, wirklich, das Wasser ist richtig warm«, sagte Buddy. »Ich schätze, es kommt einem so vor, weil die Luft so kühl ist.«

Maria wartete darauf, dass Buddy sie wieder anschaute. Bisher hatte er nur Blicke für Amy gehabt.

Wich er ihrem Blick absichtlich aus? War er so sauer auf sie, dass er sie zu ignorieren beschlossen hatte?

Nein.

Er streckte den Arm aus und wischte eine grüne

Fliege von Marias Schulter. »Pass auf. Die grünen stechen.«

»Also, wegen gestern Abend ...« platzte sie förmlich heraus, um endlich ihre fadenscheinige Entschuldigung loszuwerden. »Tut mir echt Leid, dass es nicht geklappt hat, Buddy.«

Seine braunen Augen wurden schmal, aber sein entspannter Ausdruck veränderte sich nicht. »Hey, ich hatte gedacht, wir wollten die Stadt unsicher machen«, sagte er locker.

»Ja, ich weiß.« Maria sah Amy an, die betont interessiert aufs Meer hinausschaute. »Das wollte ich ja auch. Aber ich hab mich nicht gut gefühlt. Zu viel Sonne.«

Sie betrachtete Buddys Gesicht, versuchte herauszufinden, ob er ihr überhaupt glaubte. Wenn ich doch nur überzeugender lügen könnte, dachte sie. Sie hörte das schuldbewusste Zittern in ihrer Stimme und wusste, dass sie rot wurde. »Ich hab versucht, dich anzurufen«, fügte sie hinzu.

»Im Strandhaus gibt es kein Telefon. Die Telefonleitungen reichen nicht so weit. Das Haus steht außerhalb der Stadtgrenzen oder so ähnlich.« Seine Miene wirkte besorgt. »Geht es dir jetzt besser?«

Sie nickte und fühlte sich noch schuldbewusster. »Ja. Tut mir wirklich Leid wegen gestern Abend.«

»Hey, ist doch keine große Sache«, meinte er achselzuckend. »Ich bin nur froh, dass du wieder okay bist.«

Maria starrte ihn an, studierte seine dunklen Züge, überrascht über seine lässige Reaktion auf die Tatsache, dass sie ihn versetzt hatte.

Ich nehme an, er glaubt mir, dachte sie. Vielleicht bin ich doch keine so schlechte Lügnerin.

»Das mit gestern tut uns Leid«, sagte Amy. »Du weißt schon. Mit der Badehose und allem.« Ihre blaugrauen Augen funkelten, und sie konnte sich ein übermütiges Grinsen nicht verkneifen.

»Amy und ich haben versucht, den Jungs deine Badehose wegzunehmen«, warf Maria hastig ein. »Wie bist du zurückgekommen?«

»Ich bin geschwommen«, erklärte Buddy stirnrunzelnd.

Maria glaubte, Wut in seinen Augen aufblitzen zu sehen, doch sie verschwand so schnell wieder, dass sie sich nicht sicher war.

»Ich bin zu meinem Haus geschwommen«, sagte er und wies mit einer Kopfbewegung auf das Strandhaus. »Dann bin ich einfach hineingerannt. Kein großes Problem.«

»Da hast du aber ganz schön weit schwimmen müssen«, meinte Amy. »Wir waren da unten, bei der Rettungsschwimmerstation.«

»Zum Glück ging die Strömung in die richtige Richtung«, erwiderte Buddy, während er das Handtuch um seinen Hals mit beiden Händen energisch straff zog. »Ich habe mich den größten Teil der Strecke einfach treiben lassen.«

»Das war ein dämlicher Streich«, sagte Maria kopfschüttelnd. »Manchmal sind Ronnie und Stuart …«

»Ich habe verdammt gefroren, als ich schließlich aus dem Wasser herauskam«, gestand ihnen Buddy. »Aber … hey, ich werd's den beiden zurückzahlen.« Er lachte. Sein Lachen klang unfroh, nicht so locker und zwanglos, wie er beabsichtigt hatte.

Amy schleuderte die Muschel ins Wasser.

»Wollen wir nicht schwimmen gehen?«, fragte Buddy plötzlich.

»Es ist schrecklich kalt ohne die Sonne«, erwiderte Maria mit einem Blick auf den wolkenverhangenen Himmel.

»Und da draußen ist es ziemlich neblig«, fügte Amy hinzu.

»Das Wasser ist echt warm, und die Wellen sind flach«, erwiderte er. »Kommt. Ich werd's euch beweisen.«

»Ich kann nicht«, sagte Amy und schaute ihre Freundin an. »Ich habe versprochen, mich um meine kleine Schwester zu kümmern. Ich bin sowieso schon spät dran.«

»Ich begleite dich«, meinte Maria hastig.

Nein. Bleib hier. Nun komm schon. Wir werden unser Date von gestern Abend nachholen«, drängte Buddy und griff sanft nach Marias Arm.

»Ich, äh ...«

»Ja, klar. Bleib doch ruhig noch«, drängte auch Amy, Sie wandte sich zum Gehen, »Ich bekomme wirklich Ärger, wenn ich mich jetzt nicht beeile. Ich rufe dich später noch an, Maria.« Und damit rannte sie quer über den Strand davon.

Maria schaute ihr nach, bis Amy von den dichten Nebelschwaden verschluckt zu werden schien. Dann drehte sie sich wieder zu Buddy um, der sie immer noch am Arm festhielt. »Willst du wirklich schwimmen gehen?«

Er nickte und starrte ihr in die Augen. »Sicher. Komm. Es wird super werden. Nur wir beide.« Sein Ausdruck blieb unverändert ernst, doch seine dunklen Augen wirkten plötzlich lebendig, funkelten erregt.

»Ich bin keine so gute Schwimmerin«, gestand Maria, als sie ihm zum Wasser folgte.

»Sieh nur, wie ruhig das Meer ist«, erwiderte er und zeigte hinaus.

Die Wellen waren tatsächlich niedrig und rollten weich auf dem Sand aus, bevor sie sanft rauschend wieder zurückwichen.

»Erstaunlich«, meinte Maria leise. »Es sieht fast wie ein See aus.« Sie machte ein paar Schritte ins Wasser hinein. Die Gischt schäumte um ihre Knöchel, ihre Füße sanken beim Gehen in den weichen Sand ein. »Huch! Ich dachte, du hättest was von warm gesagt!«

Buddy lachte. Er stand bereits bis zu den Knien im Wasser. »Du wirst dich daran gewöhnen.« Er watete zurück, nahm Marias Hände und zog sie mit sich.

»Aaah!«, kreischte sie, geschockt von der Kälte.

Sie zog ihre Hände aus seinen und tauchte mutig unter. Man muss es schnell machen, das ist die einzige Möglichkeit, sich an die Kälte zu gewöhnen, dachte sie. Als sie wieder auftauchte, blickte sie sich suchend nach Buddy um. Er war doch direkt vor ihr gewesen. Wohin war er so plötzlich verschwunden?

»Hier!«, rief er hinter ihr.

Maria fuhr herum, einen Moment lang desorientiert. Die Unterströmung war stärker, als sie angenommen hatte. »Der Sog hat mich irgendwie herumgedreht«, sagte sie verwirrt.

»Lass uns weiter hinausschwimmen, damit wir von der Unterströmung wegkommen«, schlug Buddy vor. Er tauchte einmal unter, kam wieder an die Oberfläche und schwamm dann mit langen, kraftvollen Zügen voraus.

Er ist wirklich ein guter Schwimmer, dachte Maria überrascht, während sie zögernd hinter ihm herschwamm. Komisch, am Strand hat er immer so unbeholfen gewirkt, fast linkisch.

»Hey, wir sind schon ziemlich weit vom Ufer weg!«, rief sie Buddy nach einer Weile zu.

Aber er reagierte nicht, schien sie nicht zu hören. Er war jetzt mehrere Meter vor ihr, schwamm immer noch schnell und gleichmäßig, trotz der rollenden, wogenden See.

»Hey! Buddy!«, rief sie erneut.

Er kraulte unbeirrt weiter, mit langen, weit ausholenden Armbewegungen, das Gesicht von ihr abgewandt.

»Buddy!«

Marias Arme schmerzten. Sie ließ sich einen Moment treiben, um wieder zu Atem zu kommen.

»Buddy ... zu weit!«

Der Nebel schien um sie herumzuwirbeln. Sie blickte zurück. Der Strand war nur noch eine verschwommene Linie in der Ferne, in Dunstschleier getaucht ... und so weit weg.

Das dunkle Wasser bildete hier draußen den einzigen Farbtupfer. Alles andere war grau und weiß. Der weißliche Schein des Himmels, der graue Nebel ... umkreiste sie, hüllte sie drohend ein.

»Buddy!«, schrie sie.

Wo war sie? War sie ganz allein hier draußen? Ganz allein im Nebel?

Die Wellen rollten und schwappten, warfen sie in die eine Richtung, dann in die andere.

Mir ist so schwindelig, dachte Maria elend.

Dreh jetzt nicht durch!, schimpfte sie gleich darauf mit sich selbst. Immer mit der Ruhe. Du bist eine gute Schwimmerin. Und du bist gar nicht so schrecklich weit vom Strand entfernt.

Der Nebel täuscht, verzerrt die Sicht.

Der Nebel und der grellweiße Himmel.

Sie schloss einen Moment die Augen und ruderte angestrengt mit Armen und Beinen.

»Buddy!«

Und da war er plötzlich. Direkt neben ihr.

»Was ist los?« Er lächelte sie mit blitzenden Zähnen an. Er war noch nicht mal außer Atem.

»Ich … ich hab dich nicht gesehen.« Sie hielt sich an seinen Schultern fest, die erstaunlich muskulös waren. Am Strand hatte er nie so kräftig und durchtrainiert gewirkt.

»Ich bin ja hier«, sagte er. Sie hatte ihn auch noch nie so strahlend, so lässig lächeln sehen. Er schien richtig glücklich hier draußen auf dem Meer zu sein.

Aber Maria fürchtete sich jetzt. Vor dem Nebel, Und weil sie so weit vom Strand entfernt waren.

»Ich möchte zurück, Buddy.«

Er zog eine Schnute, offensichtlich enttäuscht. »Nur noch ein kleines Stück. Das Wasser ist so herrlich heute.«

Maria merkte, dass sie sich immer noch an seinen Schultern festklammerte. »Ich friere. Und ich hab Angst.«

Seine Augen wurden groß.

Beide hüpften auf den Wellen, als eine Strömung sie erfasste und seitwärts davontrieb, sie fühlte sich kälter an, kälter als das Wasser bisher.

»Wir sind doch gar nicht so weit draußen«, erwiderte Buddy.

»Gestern sind Haie beobachtet worden. Erinnerst du dich? Ziemlich nahe am Strand.«

»Die Haie werden dir schon nichts tun«, meinte er. Sein Gesichtsausdruck war plötzlich undurchdringlich, seine dunklen Augen matt. »Es sei denn, sie riechen Blut.«

Wollte er ihr Angst machen? Oder sollte die Bemerkung witzig sein?

»Nein, wirklich«, sagte Maria, und dann prustete und spuckte sie, als sie einen Mund voll Wasser schluckte.

Als sie wieder zu Atem gekommen war, schwamm Buddy bereits weiter, strebte immer tiefer in die grauen, wabernden Nebelschwaden hinein.

»Nein ... Buddy ... warte!«

Er hielt einen Moment inne und ließ sich treiben, während er darauf wartete, dass Maria ihn einholte.

»Ehrlich, Buddy. Ich will jetzt zurück. Ich bin keine so ausdauernde Schwimmerin.«

Sein Ausdruck hatte sich völlig verändert. Es schien, als wäre alle Wärme daraus gewichen. Er starrte sie aus zusammengezogenen kalten Augen an.

Er packte sie an den Schultern. Hart.

»Ich kümmere mich schon um dich«, sagte er. Ohne jegliche Wärme oder Besorgnis.

»Was?« Ob er versuchte, sie zu beruhigen? Es sah nicht danach aus.

Oder wollte er ihr Angst einjagen? Aber warum sollte er das tun?

»Ich schwimme jetzt zurück, Buddy.«

»Nein. Das wirst du nicht tun. Ich kümmere mich um dich, Maria.«

Als sie sein Gesicht sah, schnappte sie erschrocken nach Luft. »Lass mich los!«

»Lass mich los«, wiederholte Maria verängstigt.

Buddy nahm seine Hände von ihren Schultern und versetzte ihr einen harten Stoß.

Sie fühlte sich plötzlich schwer, bleischwer vor Angst. So schwer, dass sie glaubte zu versinken, einfach auf den Grund des Ozeans zu sinken und niemals mehr aufzutauchen.

Warum funkelte Buddy sie so drohend an?

Was hatte sie ihm denn getan?

»Du hast meine Gefühle verletzt«, antwortete Buddy, als hätte er ihre Gedanken gelesen.

Eine starke Strömung hob sie beide zu dem grauer werdenden Himmel hinauf und wirbelte sie im Wasser herum. Dichte Nebelfetzen senkten sich über sie.

Ich träume, dachte Maria. Dies kann nur ein schlimmer Traum sein.

»Buddy, es war doch nur ein Scherz«, rief sie, und die Furcht schnürte ihr die Kehle zu. Wieder schluckte sie einen Mund voll Wasser. Sie hustete und spuckte, um den ekligen Geschmack loszuwerden. »Wir haben doch nur Spaß gemacht!«

»Es war kein Spaß«, schrie er. »Du hast meine Gefühle verletzt!«

»Es tut mir Leid«, erwiderte sie und drehte sich zum Ufer um. Der Strand war vom Dunst verschluckt worden. Sie konnte nicht mehr erkennen, wo das Wasser endete und das Land begann.

Wie weit draußen bin ich denn?, fragte sie sich entsetzt. Schaffe ich es überhaupt allein zum Strand zurück?

Sie merkte, dass sie zitterte. Vor Kälte? Vor Angst?

Buddy wandte sich brüsk von ihr ab und schwamm weiter hinaus, glitt mit langen, gleichmäßigen Zügen durch das turbulente Wasser.

»Nein, Buddy, komm zurück!«, flehte Maria.

Ob ich ihm nachschwimmen soll?, überlegte sie. Oder soll ich ohne seine Hilfe versuchen, zum Strand zurückzukommen?

Sie starrte angestrengt durch den Nebel. Wenn sie

doch nur sehen könnte, wie weit sie hinausgeschwommen war.

Wenn sie doch nur nicht solche Angst gehabt hätte.

Buddy hatte so nett gewirkt. Was für ein netter, ruhiger, ernsthafter Typ, hatte sie gedacht.

»Hey!«

Er tauchte urplötzlich neben ihr auf und brüllte ihr ins Ohr.

Maria japste erschrocken. »Du hast mich erschreckt!«

»Ich weiß.«

»Buddy, hör auf. Du machst mir wirklich Angst. Ich will zurück.«

»Ich weiß.«

»Du bist nicht witzig«, sagte sie und versuchte, sich zusammenzureißen, versuchte, die Schluchzer zurückzuhalten, die in ihrer Kehle aufstiegen.

»Ich weiß.«

»Hör auf damit!«, schrie sie. »Jetzt komm. Mir ist kalt, und ich habe Angst.«

»Ich weiß.«

Er starrte sie schweigend und unverwandt an.

Er ist verrückt, dachte sie,

Sie tauchte unter einer Welle hindurch, drehte sich und kam mit dem Gesicht zum Strand wieder an die Oberfläche.

Zumindest glaubte sie, in Richtung Strand zu schauen. Der Nebel hatte sich verdichtet und eine Wand zwischen ihr und dem Strand gebildet.

Ich weiß noch nicht mal, in welche Richtung ich schwimmen muss, erkannte Maria entsetzt. Sie fühlte sich jetzt so schrecklich schwer. Ihre Arme und Beine schienen mit Bleigewichten beschwert zu sein. Sie musste sich regelrecht zwingen weiterzuatmen.

Der graue, milchige Himmel schien zum Berühren nahe. Die Nebelwand rückte bedrohlich näher, schien sie einzukreisen.

Ihr Herz krampfte sich zusammen.

»Buddy … was wirst du tun? Meine Arme sind so müde. Ich kann mich nicht mehr lange über Wasser halten.«

»Du hast meine Gefühle verletzt«, wiederholte er und starrte ihr durchdringend in die Augen.

»Können wir nicht zurückschwimmen und am Strand darüber reden?«, bettelte Maria, und ihre Stimme klang schrill, eine Stimme, die sie noch niemals zuvor gehört hatte.

Buddy ignorierte ihre Bitte. »Du hast mich angelogen.«

»Was?«

Ich bekomme keine Luft, dachte sie. Ich kann nicht mehr atmen, ich kann meine Arme nicht mehr bewegen.

»Ich weiß, dass du gestern Abend mit Stuart ausgegangen bist.«

»Es tut mir Leid, Buddy. Ehrlich. Aber du musst mich jetzt zum Strand zurückbringen. Du musst mich zurückbringen, hörst du?«

»Ich hasse es, belogen zu werden«, sagte er gepresst, sein Gesicht eine ausdruckslose Maske.

Plötzlich begriff Maria, dass er gar nicht sie anstarrte. Er blickte über ihre Schulter hinweg auf das wogende Meer hinaus. Sie fuhr herum, um zu sehen, was seine Aufmerksamkeit erregt hatte.

Dunkle Silhouetten. Schatten, die rapide auf der Wasseroberfläche dahinglitten.

Wie U-Boote. Dunkle Dreiecke, die sich schweigend auf sie zubewegten.

Buddy wandte seinen Blick wieder Maria zu.

Sie sah, wie sich sein Mund zu einem Lächeln verzog. Einem seltsamen, fast irren Lächeln.

»Haie«, sagte er.

Maria warf noch einen Blick auf die schwarzen Dreiecke, die so schnell, so mühelos über das Wasser auf sie zuglitten.

Das eigenartige Lächeln war nicht aus Buddys Gesicht gewichen.

Seine Augen leuchteten.

Atemlos vor Panik warf Maria sich herum und begann, wie wild in Richtung Strand zu schwimmen. Ihre Arme schmerzten, ihre Beine strampelten heftig.

Ich will nicht sterben, schoss es ihr durch den Kopf, Ich will nicht sterben.

Schwamm sie in die richtige Richtung? Bewegte sie sich überhaupt von der Stelle?

Sie konnte nicht erkennen, wohin die Strömung sie trieb. Eingehüllt von dem dichten, feuchten Nebel konnte sie nicht sehen, in welche Richtung sie schwimmen musste.

»Buddy, hilf mir!«

Sie war noch nicht mal sicher, ob sie es war, die so schrie – wieder und wieder Buddys Namen schrie, während die dunklen Dreiecke immer näher kamen, tödliche Schatten gegen die milchige Nebelwand.

»Buddy! Buddy!«

Von Panik erfüllt kämpfte Maria sich vorwärts, schlug verzweifelt mit Armen und Beinen um sich, hielt den Atem an und tauchte unter, versuchte, unter Wasser weiterzuschwimmen, und tauchte dann keuchend wieder auf.

Und fühlte eine Hand nach ihrem Arm greifen.

»Buddy! »

Wasser strömte über ihr Gesicht, so kalt, so salzig.

Und als das Brennen in ihren Augen nachließ, sah sie Buddys unheimliches Lächeln ganz dicht vor sich.

Sie versuchte, sich aus seinem Griff zu befreien. Vergeblich. Seine Hand hielt ihren Arm wie ein Schraubstock umklammert.

Und seine andere Hand?

Sie blinzelte angestrengt. Das Salzwasser und die entsetzliche Angst trübten ihren Blick.

Der Nebel schien jetzt in ihrem Kopf zu sein, schien sich langsam herabzusenken und ihre Gedanken zu blockieren, so dicht wie der Nebel, der über dem aufgewühlten Meer lag.

Und als ihr Blick endlich klarer wurde, sah sie das Messer in Buddys Hand. Ein kleines Messer mit einem roten Griff.

Ein Messer?

Maria trat noch heftiger um sich. Aber Buddy ließ sie nicht los.

Ein Messer?

»Buddy!«

Ja. Ein Messer.

Sie schnappte entsetzt nach Luft, schluckte Wasser, hustete und keuchte.

»Buddy ... das Messer!«

Seine Stimme war so ruhig, so kalt und ruhig. »Die Haie greifen nicht an, wenn sie kein Blut riechen, Maria.«

Er stach auf ihren Arm ein, die Klinge schnitt tief in ihr Fleisch, dunkle Flüssigkeit quoll hervor und vermischte sich mit dem Wasser.

Maria schrie auf, als ein greller Schmerz ihren Arm hinauflief und durch den Nebel in ihrem Hirn schnitt.

Der Schmerz schoss durch ihren gesamten Körper hindurch, so schnell wie Haie durchs Wasser.

Und wieder durchzuckte sie Schmerz, als Buddy auf sie einstach, noch einmal und noch einmal. Völlig außer sich.

»Haifutter.« Maria bildete sich ein, ihn das sagen zu hören.

Und sie glaubte, ihn lachen zu hören. Ein schrilles, irres Lachen.

»Haifutter.« Ja, er wiederholte es.

So ruhig. So kalt.

Und dann hörte sie wieder sein hohes, hysterisches Lachen. Und sie hörte ihn rufen: »See you later, alligator.« Er klang so … glücklich.

Dann war Buddy verschwunden.

Wild um sich schlagend, keuchend und verzweifelt nach Atem ringend, wurde Maria vom Sog des Wassers herabgezogen, versank tiefer und tiefer in der kalten, wirbelnden Dunkelheit.

Polizeibeamte aus Dunehampton in knielangen schwarzen Shorts und schwarzen, kurzärmligen Uniformhemden schwärmten wie dunkle Seevögel über den Strand aus, stocherten überall herum, suchten das Gelände Zentimeter für Zentimeter ab. Funksprechgeräte knacksten. Zur Verstärkung des Suchtrupps waren Polizeieinheiten aus zwei Nachbarstädten hinzugezogen worden.

Ein Schiff der Küstenwache pflügte jenseits des Strandes durch die Wellen und suchte die Wasseroberfläche ab. Vom Strand aus wirkte das Boot wie ein gespenstischer Schatten, der durch den abendlichen Nebel schnitt.

»Sie werden sie nicht finden«, murmelte Amy elend und wischte sich die Tränen aus den Augen. »Sie kann unmöglich immer noch schwimmen. Sie muss ertrunken sein.«

»Sie war keine sonderlich gute Schwimmerin«, sagte Stuart traurig. »Sie hat es mir selbst erzählt.«

»Ich kann nicht glauben, dass wir von Maria in der Vergangenheit sprechen«, sagte Ronnie, und seine Stimme klang heiser vor Erschütterung.

Die drei Freunde wanderten weiter ziellos an dem tristen, kalten, nebligen Strand entlang, während sie die Polizisten beobachteten und gegen besseres Wissen hofften, dass Maria vielleicht doch noch lebend gefunden würde.

»Es ist so grau«, sagte Amy. »Alles ist so grau und trostlos, der Sand, das Wasser, der Himmel. »Sie schluchzte laut auf und schlug die Hände vors Gesicht. »Ich kann einfach nicht glauben, dass ich genau hier mit Maria gestanden habe. Noch vor ein paar Stunden sind wir hier entlanggegangen und haben herumgealbert. Und keine von uns beiden hat geahnt, dass Maria kurz darauf …«

Sie schluchzte unterdrückt. Sie wollte ihren Satz nicht beenden.

Ronnie legte tröstend einen Arm um ihre Schultern. Seine gelbe Windjacke flatterte im Wind, der vom Meer herüberwehte.

»Solange ihre Leiche nicht gefunden wird, gibt es immer noch Hoffnung«, meinte Stuart. Aber das Zittern in seiner Stimme verriet, dass auch er nicht mehr daran glaubte.

»Weißt du, was mir ein echt mieses Gefühl gibt?«,

fragte Ronnie, der Amy immer noch umschlungen hielt. Sie presste ihr Gesicht an sein Hemd, um ihre Schluchzer zu ersticken, und ihre Schultern zuckten hilflos.

»Was?«, fragte Stuart und starrte hinaus auf das dunkle Patrouillenboot der Küstenwache.

»Wir waren so gemein zu Buddy.« Ronnie trat heftig nach einer Muschel. »Wir haben ihn wirklich nicht nett behandelt, nicht? So ein übler Typ war er eigentlich gar nicht.«

»Nein«, meinte Stuart leise.

Amy machte sich aus Ronnies Umarmung frei und wischte sich die Tränen aus den Augen, die rot und geschwollen vom Weinen waren. »Es … es ist so seltsam«, sagte sie mit zitternden Lippen. »In Gedanken sehe ich immer noch Maria und Buddy hier am Wasser stehen. Sie können nicht tot sein. Sie können es einfach nicht sein!«

»Buddy war ein echt guter Schwimmer«, sagte Stuart gedankenverloren. »Er war super in Form. Da draußen muss irgendwas Schlimmes passiert sein. Ich verstehe nur nicht …«

Sie wurden von einem ernsten jungen Polizisten unterbrochen. Er war auf jungenhafte Weise attraktiv, mit kurzem blondem Haar und klaren blauen Augen.

Er sieht wie Tab Hunter aus, schoss es Amy durch den Kopf. Gleich darauf schimpfte sie mit sich selbst. Wie kann ich in einem solchen Moment an Filmstars denken?

»Tut mir Leid, euch zu stören«, sagte der Beamte mit überraschend tiefer Stimme. »Ich bin Officer Barrett. Ich bin in Westhaven stationiert.«

»Hi«, meinte Stuart unbehaglich, während er auf

die silberne Dienstmarke an Officer Barretts kurzärmligem Hemd starrte. Die anderen nickten dem Polizisten schweigend zu.

Amy griff nach Ronnies Hand. »Haben Sie schlechte Nachrichten?«, fragte sie tonlos.

Barrett schüttelte den Kopf. »Nein. Ich habe nur ein paar Fragen an euch. Ich weiß, ihr habt eure Geschichte schon jemandem vom hiesigen Revier berichtet, aber ich möchte noch ein paar Informationen überprüfen.«

Amy stieß einen Seufzer der Erleichterung aus. »Sie haben sie nicht gefunden, nicht?«

Wieder schüttelte der Officer den Kopf. »Es ist sehr neblig. Schlechte Sicht. Am Strand haben wir keinerlei Hinweise entdeckt. Die Küstenwache hat ein paar Haie ziemlich dicht am Ufer ausgemacht, aber ...«

»Haie?«, rief Amy alarmiert.

Der Polizist errötete und begriff, dass er einen Fehler gemacht hatte. »Kein Grund zur Beunruhigung«, sagte er hastig und blickte Amy über den Rand seines Notizblocks hinweg an. »Ich meine es ist ganz normal, um diese Jahreszeit Haie zu beobachten. Ich ...« Er räusperte sich. »Du hast gesagt, du hättest sie heute Morgen mit einem Jungen namens Buddy weggehen sehen?«, fragte er.

»Ja.« Amy nickte.

»Hast du die beiden auch ins Wasser gehen sehen?«

»Nein. Ich musste nach Hause, auf meine kleine Schwester aufpassen.«

»Du hast also nicht beobachtet, ob sie auch tatsächlich schwimmen gegangen sind, ist das richtig?«

»Ja, so war es. Glauben Sie ...?«

Barrett zuckte die breiten Schultern. »Keine Ahnung.« Er blickte wieder auf seinen Notizblock. »Und keiner von euch weiß Buddys Nachnamen?«

Alle drei schüttelten hilflos den Kopf.

»Seine Eltern haben nicht die Polizei angerufen, um ihn als vermisst zu melden«, erklärte Barrett. »Kennt einer von euch Buddys Eltern?«

Wieder war die Antwort negativ.

Ich habe seine Eltern nie gesehen, dachte Amy.

»Vielleicht sind sie für einen Tag weggefahren«, sagte Barrett, während er sich eifrig Notizen machte. »Vielleicht wissen sie noch gar nicht, dass er vermisst wird. Wo, habt ihr gesagt, wohnen Buddy und seine Familie?«

»Gleich da drüben.« Stuart wies auf das dunkle Strandhaus. Vier Augenpaare folgten seiner Handbewegung. Bei Ebbe sah das Haus auf seinen Stützpfeilern mehr denn je wie ein Tier mit hohen Beinen aus.

»Ich werde mich dort mal umschauen«, erklärte Barett. »Danke für eure Hilfe.«

»Ist es okay, wenn wir mitkommen?« fragte Ronnie.

»Ich schätze, ja.« Der Officer joggte bereits auf das Strandhaus zu. »Aber steht mir nicht im Weg und fasst nichts an.«

Vier Stufen führten zu einer hölzernen Veranda hinauf, die um das gesamte Haus herumlief. Auf der Wasserseite gab es eine Glasschiebetür. Barrett zog mit beiden Händen an dem Griff. Die Tür glitt mühelos auf, und sie traten ein.

»Irgendjemand zu Hause?«, rief er.

Stille.

Selbst bei geschlossenen Fenstern und Türen erfüllte das unaufhörliche Rauschen des Ozeans das Haus. »Wie auf einem Schiff«, murmelte Barrett, während er seinen Blick suchend umherschweifen ließ.

Amy und die beiden Jungen blieben wartend in der Tür stehen, als Officer Barrett die Räume durchsuchte. Wenige Minuten später erschien er wieder, ratlos den Kopf schüttelnd.

»Keine Kleider«, sagte er. »Keine Koffer. Keine Zahnbürsten im Bad. Die Betten sind nicht bezogen. Der Kühlschrank ist leer, und es sind nirgendwo Lebensmittel oder Abfälle zu finden.« Er blickte Amy argwöhnisch an. »Hier wohnt niemand. Seht euch nur um. Alles unberührt. Es hat auch noch nie jemand hier gewohnt.«

»Aber wir haben Buddy doch hier herauskommen sehen!«, protestierte Amy. »Maria und ich. Heute Morgen.«

»Stimmt. Buddy hat uns erzählt, er wohnte hier«, fügte Ronnie hinzu.

Barrett blickte sie aus schmalen Augen an. »Dann hat dieser Buddy euch angelogen.«

3. Kapitel

Sommer 1995

»Wow! Ist das nun super, oder was?«, rief Ashley begeistert.

Sie glitt die Düne hinunter und blickte über den überfüllten Strand hinweg auf den Ozean, der wie Millionen winziger Diamanten in der hellen Nachmittagssonne glitzerte.

Ross, der sein gelbes Surfbrett hinter sich herzog, hatte sie inzwischen eingeholt. »Autsch! Ist der Sand hier heiß. Lass uns näher ans Wasser gehen.«

Ashley verzog ihr hübsches Gesicht in gespieltem Mitleid. »O je, kochen die kleinen Füßchen schon?«, fragte sie mit sarkastischer Babystimme.

Ross zog verärgert die dunklen Augenbrauen zusammen. »Der Sand ist wirklich verdammt heiß, Ashley. Du brauchst dich nicht über mich lustig zu machen.«

»Doch, muss ich.« Sie versetzte ihm einen spielerischen Schubs, der ihn stolpern ließ. »Es ist mein Hobby.«

»Dann such dir ein anderes Hobby«, meinte er mürrisch und wischte sich den Sand von seinen orangefarbenen Shorts. »Warum machst du nicht Aerobic oder sonst was und lässt mich in Ruhe?«

»Hey ...« Sie legte zärtlich eine Hand auf seine gebräunten Schultern und zog einen Schmollmund, »Du denkst, ich brauch Training oder so?« Sie trat einen Schritt zurück und stellte sich in Pose.

Ashley war schlank und attraktiv, und sie wusste es. Sie hatte feines, glattes, silberblondes Haar, hohe Wangenknochen und überraschend grüne Augen über einer perfekten, geraden Nase und einem herzförmigen Mund.

Sie sah wie ein Model aus *Seventeen* oder *Marie Claire* aus und hatte zu Hause in Ridgefield auch tatsächlich schon mehrfach als Model gejobbt. Sie wusste auch, dass der hellgrüne Bikini, den sie trug, ein Hammer war.

»Ich habe nicht behauptet, dass du Training brauchst«, erwiderte Ross lächelnd. »Ich habe nur gesagt, du brauchst ein anderes Hobby, statt immer nur auf mir herumzuhacken. Warum gehst du nicht den Regenwald retten oder etwas in der Art?«

»Warum tust du's nicht?«, gab sie schnippisch zurück. »Ich finde, dich aufzuziehen ist genau das richtige Hobby für mich. Sorgt dafür, dass du auf dem Teppich bleibst.«

Sie bahnten sich einen Weg an einem schnellen, wilden Volleyballmatch vorbei. Aus einem Ghettoblaster, der auf einem riesigen Micky-Maus-Strandlaken stand, dröhnte Rap Musik.

»Geh weiter«, sagte Ashley. Sie legte eine Hand auf Ross' Schulter und schob ihn vorwärts. »Ich glaube, ich sehe Lucy und Kip.«

»Findest du nicht, dass Kip wie Vanilla Ice aussieht?«, fragte er grinsend.

»Er versucht es zumindest«, erwiderte sie trocken.

Ross blieb abrupt stehen. »Bist du froh, dass du mitgekommen bist?«

Sie lächelte ihn an. »Ja. Irgendwie konnte mich der Gedanke, den Tag mit Mom und meinen beiden Brüdern auf einem stinkenden Fischerboot zu verbringen, nicht so richtig begeistern.«

Seine dunklen Augen blickten forschend. »Und? Haben sie sich die Augen ausgeweint, weil du lieber mit mir gegangen bist?«

»Nicht direkt«, gestand Ashley. »Ich glaube sogar, Robins exakte Worte waren ›Wen kümmert's‹.«

Sie hatte angenommen, Ross würde lachen, aber sein Ausdruck wurde nachdenklich. Er hat wirklich große Ähnlichkeit mit Matt Dilion, dachte sie. Das glatte schwarze Haar und die dichten Augenbrauen, das ernste Gesicht.

»Hey, da sind Lucy und Kip. Auf der großen MTV-Decke. Da drüben. Siehst du sie?« Sie winkte

Lucy zu, aber Lucy sprach mit Kip und sah Ashley nicht.

»Schau ihn dir an«, meinte Ross, und er musste sich beeilen, um mit Ashley Schritt zu halten. »Vanilla Ice. Stimmt's?«

»An einem schlechten Tag«, murmelte sie.

»Du magst Kip nicht, oder?«

Ashley schüttelte den Kopf. »Ich glaube, er ist gemein. Er behandelt Lucy nicht sonderlich nett. Und er hat überhaupt keinen Sinn für Humor.«

Ross wollte etwas sagen, doch sie waren inzwischen bei Lucys Decke angekommen. Lucy lag auf dem Bauch neben Kip, sprang jedoch sofort auf, um die Neuankömmlinge zu begrüßen. Sie hatte lockiges, kastanienbraunes Haar, ein Gesicht voller Sommersprossen und riesige blaue Augen.

»Hi, wie geht's?« Kip hob zur Begrüßung den Kopf hoch.

»Ist das nicht ein phantastischer Tag?«, meinte Lucy begeistert. Sie lispelte leicht, was sie wie ein kleines Mädchen klingen ließ. Lucy störte es nicht. Und die meisten Jungs fanden ihre Sprechweise richtig süß.

Lucy hatte noch niemals Schwierigkeiten gehabt, bei Jungen zu landen, was Ashley sich verwundert fragen ließ, warum sie ausgerechnet mit diesem unangenehmen Typen, Kip, zusammen war.

Ross stellte sein Surfboard hochkant in den Sand und ließ sich neben Kip auf das Strandlaken fallen. »Welcher Faktor ist das?«, fragte er und zeigte auf das Sonnenschutzmittel, mit dem Kip seine schmalen, weißen Schultern einrieb.

»Dreißig, glaube ich«, antwortete Kip. »Ich brauche viel Schutz.« Der Diamantstecker in seinem Ohrläppchen glitzerte in der Sonne.

»Hast du deinen Job aufgegeben?«, erkundigte Ashley sich bei Kip. Sie versuchte Lucy zuliebe freundlich zu ihm zu sein. Kips Sommerjob bestand darin, einen Eiswagen von Strand zu Strand zu fahren.

»Nein. Hab meinen freien Tag. Die kleinen Tiere werden sich ihr Eis heute anderswo holen müssen.« Er rollte sich auf die Seite und kehrte den anderen den Rücken zu.

»Ich bin richtig neidisch auf dich«, sagte Lucy zu Ashley. »Du kannst den ganzen Sommer über hierbleiben und es dir gut gehen lassen. Ich muss in zwei Wochen wieder nach Ridgefield zurück.«

»Echt zum Heulen«, murmelte Kip spöttisch, ohne sich umzudrehen.

»Vielleicht könntest du bei uns wohnen«, schlug Ashley vor. »In dem Ferienhaus, das wir gemietet haben, ist noch ein Gästezimmer. Ich könnte meine Eltern fragen.«

»Nein, das geht leider nicht.« Lucy schüttelte den Kopf. »Ich habe doch Sommerkurse belegt, weißt du nicht mehr? Ich muss mein Französisch ein bisschen aufpolieren, weil ich im Frühling praktisch durch die Prüfung gerasselt bin.«

»Okay, dann müssen wir eben dafür sorgen, dass es spitzenmäßige zwei Wochen werden«, sagte Ashley enthusiastisch. Sie schaute über die Mengen von Menschen am Strand hinweg, und ihr Blick blieb schließlich auf dem alten Strandhaus haften, das am Ende des Strandes auf hohen Stützpfeilern ins Meer hinausragte. Wer ist bloß auf die Idee gekommen, dort ein Haus zu bauen?, überlegte sie, so wie sie sich jeden Sommer darüber gewundert hatte, seit ihre Familie in den Ferien regelmäßig nach Dunehampton kam. Es gab keine anderen Häuser am Strand, und schon gar nicht direkt am Wasser.

Und warum war das Haus nie verkauft oder vermietet worden?

Sie und Ross hatten es sich vor ein paar Tagen angesehen. Sie hatten das Haus so dunkel und verlassen wie jedes Jahr vorgefunden. Die Wände aus Redwoodholz waren durch die Feuchtigkeit und den Salzgehalt der Luft fast schwarz nachgedunkelt. Die Bodenbretter der Veranda hatten angefangen zu verrotten, und bei einem der Schlafzimmer war eine Fensterscheibe zerbrochen.

Das Haus wirkt irgendwie traurig und unheimlich, dachte Ashley. Ich wünschte, jemand würde es abreißen lassen.

»Könntest du uns morgen ein paar Eistüten aus deinem Wagen spendieren?«, erkundigte sich Ross bei Kip. »Oder vielleicht ein paar geröstete Mandelstangen?«

Zur Verblüffung der anderen fuhr Kip herum und funkelte Ross ärgerlich an. »Hey, Mann, willst du mich runtermachen, weil ich diesen Sommer arbeiten muss?«

»Hey, ich ...« begann Ross und hob beschwichtigend die Hände.

Aber Kip ließ ihn nicht zu Wort kommen. »Glaubst du, du kannst deine Witzchen reißen, weil ich eine dämliche Uniform tragen und dämliches Eis verkaufen muss, während du den ganzen Tag am Strand liegst?«, zischte er. Sein blasses Gesicht war ganz rot geworden, und er hatte die Hände zu Fäusten geballt.

»Hey, Mann ...« Ross sprang auf. »Ich habe dich doch nicht runtergemacht«, gab er hitzig zurück. »Ich habe auch Sommerjobs gehabt. Ich arbeite jeden Tag nach der Schule. Mein Dad war über ein Jahr lang arbeitslos.«

Kip runzelte die Stirn und schaute weg.

»Ich hab doch nur Spaß gemacht«, meinte Ross mit einem Blick auf Ashley.

»Schön, dann lass deine Späße gefälligst«, knurrte Kip, doch sein Ton klang schon etwas friedlicher. »Ich mag dieses Herumgeblödel nicht.« Dann fügte er hinzu: »Es sei denn, ich bin derjenige, der blödelt.« Ein lahmer Scherz, aber zumindest versuchte er Ross zu zeigen, dass er nicht mehr wütend war.

»Bei Kip musst du aufpassen«, warf Lucy mit einem unechten Lachen ein, um die angespannte Situation zu entschärfen. »Er ist ein Fiesling.«

»Ihr Sommerleute kommt hierher und glaubt, euch gehörte hier alles«. murmelte Kip. »Und der Rest von uns ist den ganzen Winter über hier und versucht einfach nur, durchzuhalten. Einfach dranzubleiben.« Er ließ sich wieder auf seine Decke fallen und kehrte den anderen erneut den Rücken zu. »Magst du das blaue italienische Eis in Bechern?«, fragte er Ross ruhig.

»Ja, ich glaube schon.«

»Von denen könnte ich euch vielleicht ein paar beschaffen. Ist praktisch der Ladenhüter in meinem Sortiment.«

»Urgh. Blaues Eis«, meinte Ashley angewidert. »Welche Geschmacksrichtung ist es?«

»Blau«, erwiderte Kip.

Ashley wollte schon protestieren, dass Blau keine Geschmacksrichtung sei. Aber die Worte blieben ihr im Hals stecken, als eine massige Gestalt sie von hinten packte und auf die Füße zog.

Sie schrie laut, als der Junge sie mit seinen muskulösen Armen umschlang und hochhob. Sein langes, schwarzes Haar hing ihm wirr ins Gesicht, seine Augen blitzten vor Schabernack, und sein Mund war zu einem höchst entschlossenen Grinsen verzogen.

Lucy machte einen Satz rückwärts und schlug erschrocken die Hände vor den Mund. Ross und Kip sprangen überrascht auf.

Aber es war zu spät.

Der muskelbepackte Eindringling rannte mit Ashley davon, geradewegs zum Wasser hinunter.

»Hilfe!«, schrie sie. »Ross, hilf mir!«

Ashley zappelte heftig in den Armen ihres Entführers, hämmerte mit den Fäusten gegen seine breite Brust, aber er hielt sie fest umklammert.

Mit tosendem Gebrüll stürmte er direkt in eine hohe Welle hinein.

»Lass mich los!«, kreischte Ashley.

Und das tat er.

Ashley fiel kopfüber in das eiskalte Wasser, prustend und spuckend und mit Armen und Beinen um sich schlagend.

Ihre Füße fanden Halt auf dem sandigen Grund. Sie richtete sich auf und tauchte unter einer Welle hindurch.

Und dann stürzte sie sich auf ihren Entführer und versetzte ihm einen Stoß. »Denny, du bist ein Tier!«, schrie sie und boxte ihn erneut gegen die kräftigen Schultern.

Denny Drake lachte. »Du siehst heiß aus, Ashley. Ich dachte, du brauchtest vielleicht eine kleine Abkühlung.«

Ashley, die Mühe hatte, auf den Beinen zu bleiben, spritzte ihm mit einer Hand Wasser ins Gesicht. »Und weißt du, was du brauchst? Du brauchst einen Wärter!«

Er lachte wieder und genoss seinen Triumph.

Denny war ebenfalls in Ridgefield aufgewachsen, in derselben Straße wie Ross. Er war nicht direkt ein Freund, aber er schien immer irgendwie in der Nähe zu sein.

»Wir müssen einfach aufhören, uns auf diese Weise zu treffen«, witzelte er, während er sie ein letztes Mal nass spritzte, bevor er aus dem Wasser ging.

»Hör auf, Denny«, rief sie ärgerlich. »Du hast meinen neuen Bikini ganz nass gemacht.«

Er lachte wieder und schüttelte sein langes Haar, so wie sich ein Hund nach einem Bad schüttelt. »Es hat dir unheimlichen Spaß gemacht, gib's zu! Warum lässt du diesen Typen nicht sitzen und gehst heute Abend mit mir aus?« Er zeigte auf Ross, der immer noch bei den anderen saß und mit ihnen über Ashleys Entführung lachte.

Ashley stolperte aus dem Wasser heraus, lief schnell an Denny vorbei und strebte zu ihren Freunden. »Du machst Witze, stimmt's?«, rief sie über ihre Schulter zurück.

»Äh, nein.« Er schüttelte den Kopf.

»Ich soll mit dir ausgehen? Das ist der beste Witz, den du je erzählt hast.«

Dennys Ausdruck veränderte sich. Er sah verletzt aus. »Danke, dass du mit mir schwimmen warst«, fauchte er und stampfte davon.

Als Ashley zu der MTV-Decke zurückkam, stellte sie überrascht fest, dass sich ihnen ein neuer Junge angeschlossen hatte, jemand, den sie noch nie zuvor gesehen hatte. Er war groß und gut aussehend, mit welligem dunklem Haar und einem schüchternen Lächeln. Er trug eine enge, blaue Radlerhose und ein rot-weißes Grateful-Dead-T-Shirt.

»Wie war das Wasser?«, erkundigte Kip sich grinsend.

»Super«, meinte Ashley kurz angebunden. Sie kramte in ihrer Tasche und zog ein trockenes Handtuch heraus. Dann drehte sie sich zu dem neuen Jungen um. »Hi.«

»Das ist Brian«, erklärte Ross. Er schaute Brian achselzuckend an. »Entschuldige, ich habe deinen Nachnamen vergessen.«

»Brian Sayles«, erwiderte der Junge, während er Ashley mit seinen dunklen Augen interessiert musterte. »Ross und ich kennen uns vom letzten Sommer her. Wir hatten zusammen Tennisstunden genommen.«

»Bist du hier aus Dunehampton?«, fragte Ashley verlegen, weil Brian sie so anstarrte. Sie wickelte sich das Handtuch wie einen Sarong um die Hüften.

»Nein.« Er lächelte, als hätte sie einen Scherz gemacht. »Wir wohnen in Cambridge. Aber meine Familie hat schon immer ein Haus hier gehabt. Am Ocean Drive.«

»Ocean Drive!«, rief Kip. Er hatte gedöst, die beiden Worte erweckten ihn jedoch urplötzlich wieder zum Leben. »Du meinst, wo alle die großen, protzigen Villen sind?«

Brian trat unbehaglich von einem Fuß auf den anderen. »Unser Haus ist ziemlich groß«, erwiderte er in einem Ton, als gestände er ein Kapitalverbrechen ein. »Ich schätze, man könnte es eine Villa nennen.«

»Hat es auch einen Ostflügel und einen Westflügel?«, wollte Lucy wissen. »Ich habe mir schon immer ein Haus mit Nebentrakten gewünscht.«

Brian grinste. »Ja, es gibt einen Bedienstetenflügel. Und dann den Rest des Hauses. Oh, und ein Gästehaus. Und ein Badehaus mit Pool.«

Kip pfiff anerkennend durch die Zähne.

»Wow«, meinte Lucy.

Brian wurde rot. »Hey, ihr bringt mich in Verlegenheit, Leute. Was kann ich dafür, dass mein Großvater tonnenweise Geld gemacht hat? Ich hatte nichts damit zu tun.«

Er ist süß, dachte Ashley. Ich mag es, wie er rot wird. Er sieht wirklich attraktiv aus. Und er scheint nicht so eingebildet zu sein wie manche reichen Leute. Genau das Gegenteil.

Ich glaube, er mag mich, überlegte sie weiter. Wie er mich anstarrt! Als wollte er mir mit seinen Augen eine Botschaft übermitteln.

Okay, ich habe die Botschaft verstanden, Brian.

Sie blickte Ross an und sah seine verärgerte Miene. Er wich ihrem Blick aus und schaute schnell aufs Meer hinaus.

Wie kann er denn jetzt schon eifersüchtig sein?, dachte Ashley wütend. Ewig diese Eifersucht. Darf ich noch nicht mal mit einem anderen Jungen reden?

Er hat mir versprochen, seine dumme Eifersucht zu beherrschen. Allein, wie er schon dasteht – verkrampft, wachsam wie eine Glucke, und die hässlichen Blicke, die er mir zuwirft! Und warum? Wegen nichts.

Ashley verspürte den plötzlichen Impuls, Brians Gesicht in beide Hände zu nehmen und einen langen, leidenschaftlichen Kuss auf seine Lippen zu drücken. Damit Ross endlich mal einen wirklichen Grund zur Eifersucht hatte!

Stattdessen setzte sie sich mit überkreuzten Beinen auf die Decke und winkte Brian, sich neben sie zu setzen.

»Ihr habt also einen Pool?«, fragte sie freundlich.

Er nickte. »Hmm, ja. Und einen Tenniscourt. Spielst du auch Tennis, Ashley?«

»Ja. Ross und ich spielen jeden morgen. Bevor es zu heiß wird.

»Hey, habt ihr nicht Lust, mich zu besuchen und ein paar Sätze auf unserem Platz zu spielen?«

»Das wäre super«, erwiderte sie begeistert. »Findest du nicht auch, Ross?« Sie schaute hoch. »Ross?«

Wo steckte Ross?

Dann sah sie ihn davonmarschieren, mit langen, ärgerlichen Schritten. Ashley sprang auf die Füße und rief ihm nach: »Ross, komm zurück!«

Er musste sie gehört haben. Aber er ging einfach weiter, ohne sich umzudrehen.

Na toll, dachte Ashley seufzend. Sie sah ihn hinter den Dünen verschwinden und auf die Straße zustreben.

Was habe ich denn jetzt schon wieder falsch gemacht?

»Wie kannst du nur so eifersüchtig sein? Ich habe doch nur mit Brian geredet, weiter nichts.« Ashley wollte nach Ross' Arm greifen, aber er wich ihr wütend aus.

»Ach, Ross, nun komm schon.«

Ein silbriger Halbmond glänzte am dunklen Himmel. Dann und wann trieben Wolkenfetzen, vorüber. Die Schatten wurden länger und krochen über den grauen Strand.

Ashley und Ross schlenderten am Fuß der Dünen entlang. Unter ihnen brachen sich die Meereswellen und schlugen donnernd auf den Strand auf.

»Wo liegt das Problem?«, fragte Ashley sanft.

»Ich habe deutlich gesehen, wie du ihn angeschaut hast«, murmelte er.

»Ich war doch nur freundlich«, erwiderte sie. Sie musste sich beeilen, um mit seinen langen Schritten mitzukommen. »Er schien ganz in Ordnung zu sein. Wir müssen ja nicht bei ihm Tennis spielen, wenn du nicht willst.«

Ross runzelte die Stirn, sagte jedoch nichts. Sie gingen schweigend ein Stück weiter.

Das Strandhaus kam in Sicht. Da gerade Flut war, waren die Stützpfeiler nicht zu sehen, und es schien, als schaukelte das Haus auf den Wellen.

»Ross, sag etwas. Mir wird kalt. Ich möchte nicht weitergehen.«

Er blieb stehen und drehte sich zu ihr um. Seine Miene wirkte düster und unglücklich.

»Ross, bitte starr mich nicht so an, Sag etwas!«

Sie sah, wie sich Wut auf seinem Gesicht ausbreitete, sah den verletzten Ausdruck in seinen dunklen Augen.

Und plötzlich erkannte sie, dass sie Angst vor ihm hatte.

Er trat einen Schritt auf sie zu, seine Lippen waren zu einer schmalen Linie zusammengepresst.

Furcht schnürte Ashley die Kehle zusammen.

Es ist alles so dumm, dachte sie flüchtig. Er regt sich wegen nichts und wieder nichts auf.

Und trotzdem wollte ihre Angst nicht weichen.

Die Angst, dass Ross in seinem Zorn die Beherrschung verlieren könnte, möglicherweise gewalttätig würde.

Ashley wich unwillkürlich zurück, als er sich auf sie zubewegte.

O Gott, was hatte er vor?

4. Kapitel

»Ich dachte, wir beide würden einen phantastischen Sommer zusammen verbringen«, sagte Ross schließlich, als er so dicht vor Ashley stehen blieb, dass sie praktisch die Wut und die Anspannung in seinem Körper fühlen konnte.

Sie seufzte erleichtert auf. Zumindest hatte er sich im Griff. Er würde sie nicht verletzen.

Er hatte es auch noch nie getan.

Warum hatte sie dann plötzlich solche Angst vor ihm?

»Wir wollten diesen Sommer nur für uns sein«, fuhr er fort. »Nur du und ich. Aber zuerst hast du Denny erlaubt, dich ins Wasser zu tragen …«

»Erlaubt?«, protestierte Ashley. »Ich hatte wohl kaum eine andere Wahl, oder? Er hat sich wie ein wilder Bulle auf mich gestürzt. Und ich habe auch nicht gesehen, dass du irgendwas dagegen unternommen hättest!«

Ross ignorierte ihre leidenschaftliche Verteidigung. »Und dann hast du mit diesem schleimigen reichen Typen geflirtet. Vor allen Leuten!«

Jetzt ist er völlig verrückt geworden, dachte sie verbittert. Sie hasste seine Eifersucht, seine Besitz ergreifende Art. Er hatte doch gar keinen Grund, so unsicher zu sein. Okay, sie flirtete gern mit anderen Jungs, aber es war doch nur Spaß. Ein harmloser Spaß.

Sie hatten dieses Thema schon oft diskutiert, und Ross hatte versprochen, seine Eifersucht im Zaum zu halten. Schön. Und jetzt waren sie schon wieder bei diesem leidigen Thema.

Aber Ashley kannte eine Methode, um die Diskussion ganz schnell zu beenden.

Sie legte ihre Hände auf seine Schultern und zog ihn an sich. Und küsste ihn. Gab ihm einen langen, leidenschaftlichen Kuss, bis sie beide atemlos waren.

Sie blickte in seine Augen. Sein Ausdruck war jetzt weich und entspannt. Seine Augen blickten zärtlich.

Funktioniert doch jedes Mal, dachte sie.

Und dann küsste sie Ross noch einmal. Noch länger diesmal.

»Wirst du dich jetzt zusammennehmen?«, fragte sie spielerisch.

Ross lächelte und zuckte die Achseln. »Hey, ich habe eine Idee«, flüsterte er plötzlich. Er zeigte auf das Strandhaus, das unmittelbar vor ihnen aufragte, ein schwarzer, unheimlicher Schatten gegen den sternenlosen, dunklen Nachthimmel.

»Lass uns reingehen und uns dort ein bisschen aufwärmen«, schlug er vor und zog Ashley zu der Holztreppe, die zur Veranda hinaufführte.

»Aber wir können doch nicht einfach da rein.« Sie wich voller Widerwillen zurück.

»Die Tür ist wahrscheinlich nicht verschlossen. Das Haus ist nie bewohnt gewesen, erinnerst du dich? Nun komm schon, Ashley. Da drinnen ist es sicher wärmer als hier draußen.«

Sie blickte zu den dunklen Fenstern hoch und schauderte.

»Komm«, drängte Ross und zog an ihrer Hand. »Wir tun so, als gehörte es uns.«

Sie lachte. »Wer würde das schon haben wollen?« Aber sie gab widerstrebend nach und folgte ihm die knarrenden Stufen hinauf.

»Vorsichtig«, warnte er sie leise und zeigte auf seine nackten Füße. »Ein paar von den Brettern sind morsch.«

Sie tasteten sich zu der Glastür vor, die aufs Meer hinausging. Unter sich konnten sie hören, wie die Brandung um die Stützpfeiler schäumte.

Schaukelt die Veranda?, fragte Ashley sich und verstärkte unwillkürlich ihren Griff um Ross' Hand.

Schwankt das ganze Haus? Oder bilde ich mir das nur ein?

»Wir sollten lieber zurückgehen«, flüsterte sie. Sie presste ihr Gesicht gegen die Glastür und spähte in das Innere des Hauses.

Finsternis. Es war zu dunkel, um irgendetwas zu erkennen.

»Es wird keinen Strom oder so was geben«, fügte sie ängstlich hinzu.

»Na und? Macht doch Spaß«, erwiderte Ross. »Unser ganz persönlicher Ort.« Er drückte ermutigend ihre Hand.

Dann packte er den Türgriff mit beiden Händen und zog.

Die Glastür glitt leicht und geräuschlos auf.

»Ich hab dir ja gesagt, dass nicht abgeschlossen ist. Komm.« Er verschwand im Haus.

»Aber ... aber wir haben keine Taschenlampe oder so«, rief Ashley ihm nach. Zögernd machte sie einen Schritt vorwärts, dann noch einen, fühlte, wie sie von der Dunkelheit verschluckt wurde.

»Buh!«

Sie schnappte entsetzt nach Luft und wäre beinahe rücklings durch die offene Tür gefallen, als Ross neben ihr aus dem Dunkel auftauchte.

»Hab ich dich!«, rief er lachend und packte sie um die Schultern.

»Das war gemein. Du hast mich erschreckt«, sagte Ashley und schubste ihn fort.

Es war überraschend warm im Innern. Ross schob die Tür zu. Als Ashleys Augen sich an die Dunkelheit zu gewöhnen begannen, konnte sie die Umrisse der wenigen Möbelstücke im Raum erkennen.

Es sah alles ziemlich unmodern aus. Typisch fünfziger Jahre. Eine Couch mit Vinyl-Überzug. Ein tiefer Segeltuchsessel. Eine Deckenlampe aus Chrom.

»Du hast doch keine Angst, allein mit mir im Dunkeln zu sein, oder?«, witzelte Ross, während er hinter Ashley trat und seine Arme um ihre Taille schlang.

»Ich habe überall Angst, mit dir allein zu sein«, ulkte sie und legte ihre Hände auf seine. »Sieh dir das Zimmer an. Komplett möbliert und alles. Bereit zum Einzug. Aber es ist niemals jemand hier eingezogen.«

»Wir sind jetzt hier«, murmelte Ross und zog sie auf die Couch herunter.

Er küsste Ashley zärtlich, legte seine muskulösen Arme um sie und drückte sie an sich. »Ist dir jetzt wärmer?«

»Viel wärmer«, flüsterte sie. Und erwiderte seinen Kuss.

Sie zuckte erschrocken zurück, als sie ein Geräusch aus dem Flur hörte.

Beide lauschten angestrengt.

Da hinten müssen die Schlafzimmer sein, überlegte sie.

Und dann hörten sie das Poltern von Schuhen auf dem Fußboden.

»Ross ...« flüsterte Ashley und griff nach seiner Hand. »Wir sind nicht allein hier!«

Ross beugte sich über Ashley hinweg und streckte die Hand nach der Lampe aus. Er drückte zweimal den Schalter, bevor ihm einfiel, dass es keinen Strom gab.

Die Schritte im Flur wurden lauter.

Ashley und Ross sprangen erschrocken von der Couch auf.

Mondlicht warf ein blasses Rechteck auf den Fußboden vor ihnen. Unter dem Haus brachen sich die Wellen donnernd an den Pfeilern.

»Wer ist da?«, rief Ashley, und der gepresste Klang ihrer Stimme enthüllte ihre Angst.

Die Schritte hielten inne.

Dann hörte sie Geflüster. Einen Moment später erschienen zwei schattenhafte Gestalten im Flur und blieben an der offenen Tür stehen.

»Wer ist da?«, rief ein Mädchen. Die Stimme kam Ashley bekannt vor.

»Hey …« Die des Jungen klang ebenfalls vertraut.

»Lucy?«, rief Ashley atemlos.

Kip und Lucy eilten ins Zimmer, um Ashley und Ross zu begrüßen. Und dann lachten alle vier erleichtert und begannen, aufgeregt durcheinanderzureden.

»Wie habt ihr uns gefunden?«, wollte Lucy wissen.

»Wir haben eigentlich nicht direkt nach euch gesucht«, erwiderte Ross trocken.

»Wir haben vor ein paar Tagen zufällig entdeckt, dass man einfach so in das Haus hineinkann«, erklärte Lucy. »Ganz schön beeindruckend, was?« Sie schaute sich bewundernd um.

»Es war unser ganz privater Ort, bis ihr zwei hier hereingeplatzt seid«, sagte Kip mürrisch. Er ging zur Glastür und starrte aufs Meer hinaus.

»Also, wir wussten ja nicht …«, begann Ashley.

»Man kommt sich wie auf einem Schiff vor«, meinte Lucy aufgeregt. Das Haus schaukelt sogar ein bisschen. Ich find's einfach super!«

»Es ist ziemlich unheimlich«, erwiderte Ashley, während sie in die dunkle Küche spähte.

»Nein, gar nicht. Ich finde es romantisch«, schwärmte Lucy.

»Ich auch«, fügte Ross hinzu, und er legte einen Arm um Ashleys Schultern.

Kip starrte unentwegt schweigend auf das Wasser. Ashley nahm an, er war wütend, weil sie und Ross einfach hier eingedrungen waren. Er ist so feindselig und unfreundlich, dachte sie. Was findet Lucy bloß an ihm? »Ich habe mich schon oft gefragt, warum niemand hier wohnt«, sagte sie laut.

»Vielleicht wegen der Morde«, erklärte Kip, ohne sich umzudrehen.

»Was? Morde?«

»Es gibt eine ganze Reihe von Geschichten«, sagte Kip mysteriös, als er sich wieder von der Tür abwandte und zu den anderen ging. »Echte Horrorstories. Ihr wisst nichts davon, weil ihr keine Einheimischen seid. Aber jeder hier in Dunehampton weiß Bescheid. Über die Morde, die hier passiert sind, meine ich. Hier in diesem Haus.«

»Wer wurde denn ermordet?«, fragte Ashley.

»Teenager«, lautete Kips knappe Antwort.

Die Vorstellung, dass hier Leute umgekommen sind, scheint ihm mächtig einzuheizen, dachte Ashley, während sie Kips leuchtende Augen und seine amüsierte Miene betrachtete.

»Mehrere Teenager sind umgebracht worden. Im Haus und in unmittelbarer Umgebung. Irgendwann in den fünfziger Jahren. Kurz nachdem das Haus gebaut wurde.« Sein Lächeln wurde noch breiter. »Den oder die Täter haben sie niemals erwischt. Haben das Geheimnis niemals gelöst.«

Er wich einen Schritt zurück in die Dunkelheit. »Und seitdem steht das Haus leer.« Er kicherte und ließ seinen Blick über die verdutzten Gesichter der anderen schweifen.

»Wirklich eine haarsträubende Sache«, meinte Lucy kopfschüttelnd.

»Komm, Ross, lass uns hier verschwinden«, drängte Ashley und griff nach seiner Hand. Eisige Kälte kroch ihr plötzlich den Rücken hinunter.

Ross lachte. »Du hast Angst wegen irgendeiner albernen Geschichte, die vor über dreißig Jahren passiert ist?«

»Es ist keine Geschichte. Es ist tatsächlich so gewesen«, sagte Kip scharf.

»Mich überläuft einfach das kalte Grausen bei der Vorstellung, dass Kids in diesem Haus umgebracht wurden, das ist alles«, erwiderte Ashley. »Ich möchte wirklich nicht länger bleiben, Ross.«

»Hey, Moment, warte doch mal«, meinte Ross. Er drehte sich zu Kip um. »Erzähl uns mehr darüber.«

»Also ich gehe jetzt«, erklärte Ashley. Sie schob energisch die Glastür auf. Das Brausen des Ozeans erfüllte den Raum wie ein wütender Schrei. »Bye, Leute«, sagte sie und trat hinaus.

Ross lief ihr nach. »Bis demnächst!«, rief er den anderen zu.

Als er sich umdrehte, um die Tür hinter sich zu schließen, sah er Kip Lucy einen Arm um die Schultern legen und sie zur Couch führen.

Seltsamer Typ, dachte Ross. Ich frage mich, was er an den Morden so witzig gefunden hat.

Ashley wartete auf der Treppe auf ihn. »Es ist schon spät«, sagte sie gähnend. »Die viele frische Luft macht mich so müde.«

Hand in Hand schlenderten sie über den Strand zu den Dünen und unterhielten sich über Lucy und Kip und das Strandhaus. Eine blasse Mondsichel stand hoch am Himmel. Ein paar Sterne waren zwischen den Wolken hervorgekommen. Seemöwen saßen auf dem violett schimmemden Wasser und ließen sich im Schlaf auf den Wellen wiegen.

Das Haus von Ross' Eltern, ein kleiner, weißer Bungalow, war das Erste an der schmalen, gewundenen Straße, die von den Dünen wegführte. »Ich bringe dich noch bis zu deiner Haustür und komme dann zurück«, bot Ross an.

Ashley schüttelte den Kopf. »Ist nicht nötig. Du weißt, unser Haus ist direkt hinter dem Hügel da drüben. Geh schlafen. Ich rufe dich morgen früh an.«

Bevor er protestieren konnte, beugte Ashley sich vor und küsste ihn schnell. Sie verfehlte seinen Mund, und ihr Kuss landete stattdessen auf seinem Kinn. Dann wandte sie sich ab und joggte auf den Hügel zu.

Hohes Schilfgras wuchs zu beiden Seiten der Straße. Der Nachtwind strich durch die langen Halme, ließ sie geheimnisvoll rascheln und flüstern.

Ashley lief den flachen Hügel hinauf. Der Weg war an dieser Stelle so schmal, dass sich die Gräser über die Straße beugten, als wollten sie nach ihr greifen. Als ihr Haus in Sicht kam, verlangsamte sie ihr Tempo und ging in normalem Schritt weiter.

Und in dem Moment sprang jemand aus dem hohen Schilf rechts von ihr und packte sie von hinten.

Ashley stieß einen angsterfüllten Schrei aus und kämpfte verzweifelt, um sich zu befreien. Doch der Angreifer hielt ihre Taille mit eisernem Griff umklammert.

Sie schlug wild mit den Armen um sich und versuchte zu treten.

Er lachte und wirbelte sie zu sich herum.

»Denny!«, schrie sie heiser vor Furcht. »Denny … du Tier!«

Er grinste anzüglich und brachte sein fleischiges, schwitzendes Gesicht dicht an ihres. »Habe ich dir Angst gemacht?«

Wütend holte sie aus, um ihn zu schlagen, aber er fing ihre Hand knapp vor seinem Gesicht ab und hielt sie fest.

»Hey, ich hab doch nur Spaß gemacht«, sagte er, und er klang verletzt.

»Ich werde die Polizei rufen, doch, wirklich, das tue ich«, gab Ashley zurück. »Lass meine Hand los, Denny!«

Langsam löste er seinen Griff. Sie rieb sich ihr schmerzendes Handgelenk. Denny war stärker, als sogar ihm selbst bewusst war.

»Du hast mich zu Tode erschreckt, ich hätte fast einen Herzschlag bekommen«, sagte sie vorwurfsvoll.

»Ich habe bei der Fete am Strand nach dir Ausschau gehalten«, meinte er, während er Ashley immer noch anzüglich anstarrte. Er hob eine seiner Gorillahände und strich sich sein langes, schwarzes Haar aus den Augen.

»Ross und ich waren nicht da«, erwiderte sie kalt. »Wer hat dich denn zu der Fete eingeladen?«

»Niemand«, murmelte er leicht traurig. »Ich bin einfach so hineingeplatzt.«

»Lässt du mich jetzt nach Hause gehen, oder was?«, fuhr sie ihn ärgerlich an. »Du hast deine schlechte Tat für heute getan.«

Er schob die Lippen vor und spielte den Beleidigten. »Bu-hu. Es ist immer noch früh, weißt du.«

»Schön, warum gehst du dann nicht an den Strand und trittst anderer Leute Sandburgen kaputt oder etwas in der Art?«, sagte sie genervt.

»Habe ich schon«, witzelte er. Ein Grinsen ging über sein breites Gesicht. »Ich weiß, du bist scharf auf mich.«

Sie lachte zornig. »Denny, du hast getrunken, stimmt's?«

»Gib's zu, Ashley.« Er beugte sich bedrohlich zu ihr vor.

»Ja, ich bin scharf auf dich, Denny. So, wie ich scharf darauf bin, mich von Haien zerfetzen zu lassen.«

Er ließ sich die Bemerkung einen Moment durch den Kopf gehen, während er sie argwöhnisch anschaute. Dann schob er die Hände in die Taschen seiner abgeschnittenen Jeans und runzelte die Stirn. »Gib mir eine Chance«, murmelte er. »Tut mir Leid, dass ich dir Angst eingejagt habe. Ehrlich.«

»Entschuldigung akzeptiert«, sagte sie.

»Es ist nur mein blöder Sinn für Humor, weißt du. Wie wär's mit einem Spaziergang? Am Strand. Nur ein ganz kurzer Spaziergang, okay?«

»Wie wär's, wenn wir's lieber bleiben lassen?«, gab Ashley zurück.

Seine Augen blitzten einen flüchtigen Moment lang wütend auf, dann beruhigte er sich wieder. »Ich meine es ernst«, sagte Denny leise.

»Du bist nicht ernst, du bist unerbittlich«, ulkte Ashley.

Er funkelte sie an, wollte etwas sagen, bremste sich jedoch. »Okay, Ash. Bis demnächst«, knurrte er, bevor er sich abwandte und langsam die Anhöhe hinaufschlenderte.

Ashley seufzte erschöpft. Sie schaute Denny nach, bis er über der Kuppe des Hügels verschwunden war.

Wie lange kenne ich ihn eigentlich schon?, überlegte sie.

Seit der zweiten Klasse. Sie hatte ihn nie besonders gemocht. Er war ihr aber auch nicht sonderlich unsympathisch gewesen. Er war einfach immer dabei. Nur einer aus der Clique.

Aber jetzt begriff sie zum ersten Mal, dass sie sich vor Denny fürchtete.

Er ist so groß und hat so unglaubliche Kräfte, dachte sie, als sie den Pfad zu ihrem Haus hinaufging. Ich glaube, er weiß selbst noch nicht einmal, wie stark er ist.

Und er scheint so viel Zorn aufgestaut zu haben. Er tut so, als wäre alles nur Spiel, blödelt herum, treibt seine Streiche. Aber unter der Oberfläche ist er irgendwie gemein.

Bösartig genug, um jemanden zu verletzen, wenn er seinen Willen nicht bekommt?

Ashley gähnte. Sie war zu müde, um jetzt noch länger über Denny nachzugrübeln.

Außerdem war er nur eine Nervensäge.

Er wollte wirklich niemandem etwas Böses tun.

Am nächsten Morgen verschlief Ashley und wachte erst gegen halb elf auf. Ihre Eltern waren bereits früh zum Golfplatz gefahren, wie sie aus einer Notiz an der Kühlschranktür erfuhr.

Sie haben aber auch nichts als Golf im Sinn, dachte sie kopfschüttelnd. Ich weiß gar nicht, warum wir jeden Sommer ans Meer fahren.

Sie schwimmen nicht. Sie mögen nicht in der Sonne liegen. Immer nur Golfspielen und nochmals Golfspielen.

Sie verzehrte eilig eine Schüssel Cornflakes, stopfte einige Sachen in ihre Strandtasche, überprüfte die Batterien in ihrem Walkman und bummelte dann zum Strand.

Es war ein Samstag, deshalb war der Strand bereits ziemlich voll. Ashley hielt nach ihren Freunden Ausschau, während sie am Wasser auf- und abwanderte und Decken und Sonnenschirmen auswich.

Niemand zu sehen.

Kurz darauf erschien Ross in ihrem Blickfeld. Er stand mehrere Sonnenschirmreihen von ihr entfernt und ließ seinen Blick suchend über die Menschenmenge schweifen.

Wahrscheinlich sucht er mich, dachte Ashley. Sie hob eine Hand und winkte. »Ross! Hey, Ross!«

Er entdeckte sie nach wenigen Sekunden und kam auf sie zugerannt.

Er lächelte nicht so wie sonst immer, wenn sie sich trafen.

Sie spürte sofort, dass ihn etwas bedrückte.

»Hey, was ist los?«, erkundigte sie sich.

Er wischte sich mit dem Unterarm den Schweiß von der Stirn. Ashley sah, dass er ganz außer Atem war.

»Hi, Ashley. Ich … äh …«

»Ross, was hast du?«, fragte sie und fühlte, wie sich ihre Kehle vor Unbehagen zusammenschnürte.

»Ich nehme an, du weißt es noch nicht«, begann er unbeholfen.

»Was denn? Was weiß ich nicht?«, fragte sie ungeduldig.

»Es … es geht um Lucy und Kip«, erwiderte Ross, und sein Kinn zitterte. »Sie sind gestern Abend nicht nach Hause gekommen. Sie sind beide spurlos verschwunden.«

5. Kapitel

Sommer 1956

»Was soll ich nur tun?«, fragte Amy. Sie bückte sich nach einem Kieselstein im Sand, betrachete ihn flüchtig und schleuderte ihn ins Meer hinaus. »Jede Nacht, seit Maria und Buddy verschwunden sind, quälen mich diese entsetzlichen Albträume.«

»Hey, die Träume werden irgendwann aufhören«, erwiderte Ronnie. Aber er klang nicht sonderlich überzeugt.

Wolken verdeckten die Morgensonne. Der Wind brachte einen Hauch von Kühle vom Ozean herüber. Schwarze Gewitterwolken am Horizont bewegten sich schnell auf den Strand zu.

Das trübe Wetter passte zu Amys Stimmung. Sie zog das gelbrosa geblümte Tuch zurecht, das sie um ihre kurzen Locken gebunden hatte. Sie trug dieselben beigefarbenen Bermudashorts wie am Tag zuvor und ein langärmliges weißes Hemd ihres Vaters, die Ärmel bis zu den Ellenbogen aufgerollt.

Sie hatte sich keine großen Gedanken darüber gemacht, was sie an diesem Morgen anziehen sollte. Was spielte das auch für eine Rolle? Alle ihre Gedanken kreisten um Maria. Ob sie wachte oder schlief.

»Es wird ein Gewitter geben«, sagte Ronnie mit einem Blick auf die düstere Wolkenfront am Horizont.

»Ist mir egal«, meinte Amy bedrückt. »Lass es regnen. Selbst wenn es den ganzen Sommer regnet, mir ist alles egal.«

»Ich muss auch immer an Maria denken«, murmelte er, als sie langsam weiter am Strand entlanggingen. »Und an Buddy. Buddy war so ein guter Schwimmer. Ich verstehe einfach nicht …«

»Vielleicht sind sie von Haien angegriffen worden«, erwiderte Amy. »Es ist das Einzige, woran ich denken kann. Vielleicht träume ich deshalb nachts immer von Haien. Vielleicht …«

»Ich glaube nicht, dass wir es jemals erfahren werden«, meinte er leise und legte eine Hand auf Amys zitternde Schulter. »Es ist schon Tage her, und nirgendwo hat man ein Zeichen von ihnen gefunden.«

»Genau das verwirrt mich so.« Sie griff nach Ronnies Hand. »Wo sind Buddys Eltern? Warum haben sie sich nicht an die Polizei gewandt? Wo stecken sie? Kümmert es sie überhaupt nicht, dass ihr Sohn ertrunken ist?« Ihre Stimme klang schrill vor Aufregung.

»Hey, hey«, meinte Ronnie beschwichtigend. »Reg dich ab, Maus, immer mit der Ruhe.«

»Ich kann nichts dafür, Ronnie. Ich bin einfach fix und fertig.« Heiße Tränen brannten in ihren Augen. Sie wischte sie mit dem Handrücken ab und schaute wieder zu dem Strandhaus hinüber, das auf seinen zerbrechlich wirkenden Pfeilern über das Wasser hinausragte.

»Es ist ein Rätsel«, meinte auch Ronnie, als er ihrem Blick folgte.

»Es hätte sich doch jemand nach Buddy erkundigen müssen. Irgendjemand.«

Donner grollte in der Ferne.

»Was für ein grauenhafter Sommer«, murmelte Amy und schüttelte den Kopf.

Sie blieben abrupt stehen, als sie jemanden ihre Namen rufen hörten. Amy fuhr herum und war überrascht, Stuart winkend auf sich zusprinten zu sehen.

»Hi. Gut, dass ich euch gefunden habe.« Stuart bremste ab, als er sie erreicht hatte, und stützte die Hände in die Hüften, während er wieder zu Atem zu kommen versuchte. Sein schwarzes Haar war fest mit Brillantine an den Kopf geklebt. Selbst die Windböen vom Meer konnten es nicht durcheinander pusten. Er trug ein kurzärmliges Sporthemd über ausgebeulten Levis-Jeans, die noch ziemlich steif und neu aussahen.

»Was gibt's denn so Eiliges?«, erkundigte Ronnie sich.

»Ich bin nur gekommen, um mich zu verabschieden. Wir fahren nach Hause. Mein Dad muss wieder zur Arbeit, deshalb ...« Stuart zuckte die Achseln.

»So ein Pech«, meinte Ronnie.

»Wie schade«, fügte Amy hinzu. Sie hatte Stuart seit Marias Tod bisher nur einmal gesehen.

»Hmmm.« Stuart nickte bedrückt. »Ich wollte noch ein letztes Mal am Strand entlanggehen. Ein paar Muscheln sammeln und so.« Seine Stimme brach. »Es ist wirklich kein Sommer, an den ich mich gern zurückerinnern möchte. Also dann ...« Er winkte ihnen flüchtig zu und joggte weiter den Strand entlang.

Amy schaute ihm nach, wie er an dem Strandhaus vorbeiging und gelegentlich stehen blieb, um eine Muschel aufzuheben. Kurz darauf verschwand er um eine Biegung und war außer Sichtweite.

»Hey, Maus, wollen wir nicht ein bisschen in die Stadt gehen oder so?«, schlug Ronnie vor.

Statt einer Antwort griff Amy plötzlich aufgeregt nach seinem Arm.

»Was ist los?«, fragte er, verwirrt über den furchtsamen Ausdruck auf ihrem Gesicht.

»Sieh doch mal!« Sie zeigte auf das Strandhaus. Eine Welle der Angst überrollte sie. Der Atem stockte ihr in der Kehle.

»Amy, was hast du?«

»Das Strandhaus«, brachte sie mühsam hervor. »Da ist jemand im Haus.«

Ein grellweißer Blitz zuckte über den Ozean. Wenige Sekunden später hörte man dumpfes Donnergrollen, das sich mit dem Rauschen der Wellen vermischte.

Amy hielt Ronnies Hand fest umklammert, während sie ein paar vorsichtige Schritte auf das Strandhaus zu machte. »Hast du es gesehen? Da war ein Gesicht im Fenster. Da! Siehst du's? Da ist es wieder.«

»Ja, jetzt sehe ich es auch«, erwiderte Ronnie. »Es ist tatsächlich jemand im Haus.«

»Ich … ich habe Angst«, gestand sie. »Ich meine …« Sie schnappte entsetzt nach Luft und ließ Ronnies Hand los, als jemand durch die Glasschiebetür kam und auf der Veranda entlangging. »Es ist Buddy!«, rief sie schockiert.

»Wow! Ich glaub's einfach nicht!«, murmelte Ronnie bestürzt.

Sie standen wie erstarrt da, als Buddy sie entdeckte und rufend und winkend über den Strand auf sie zugelaufen kam. »Hey, Leute! Leute!«

Wieder zuckte ein Blitz aus den Wolken herab, gefolgt von dunklem Donnergrollen.

»Buddy, alles in Ordnung mit dir?« Amys Stimme klang hoch und schrill vor Aufregung, »Wir dachten …«

»Was ist passiert? Wo hast du gesteckt?«, fragte Ronnie. Er versetzte Buddy einen freundschaftlichen Klaps auf die Schulter.

»Hi«, erwiderte Buddy schüchtern und strich sich sein dunkles Haar zurück.

Und dann bemerkten Amy und Ronnie den Blutfleck auf Buddys weißem T-Shirt. Immer noch rot. Immer noch feucht.

»Ach so, ja …« Buddy begriff augenblicklich, worauf die beiden starrten. »Ich hab mich geschnitten.« Er hielt einen verbundenen Finger hoch. »Wollte ein Sandwich machen. Ist es zu fassen, wie ungeschickt ich bin? Ich kann noch nicht mal Brot schneiden.«

»Buddy, wo bist du gewesen?«, drängte Amy und zwang sich, ihren Blick vom Blut auf seinem T-Shirt loszureißen. »Wir dachten alle, du wärst … du weißt schon. Tot.«

»Tut mir Leid.« Er trat unbehaglich von einem Fuß auf den anderen. »Ich bin zu meinem Cousin nach Rockford gefahren. Das heißt, meine Mom hatte mich hingebracht. Ich weiß, ich hätte euch Bescheid sagen sollen oder so. Aber ich war ziemlich durcheinander. Ich meine, nachdem Maria tot war. Ich …«

»Die Polizei hat nach dir gesucht«, warf Amy ein, während sie forschend in seine braunen Augen blickte und nach der Traurigkeit darin suchte.

»Ich habe die Polizei von meinem Cousin aus angerufen«, erklärte Buddy. »Ich habe ihnen alles gesagt, was ich wusste. Was nicht viel war.«

»Wir haben uns echt Sorgen gemacht«, warf Ronnie vorwurfsvoll ein. »Ich meine, es war ein grauenhaftes Gefühl. Niemand hat uns gesagt, dass du noch am Leben bist.«

»Wirklich nicht?« Buddys Miene drückte Überraschung aus. »Jemand hätte euch informieren müssen. Ich habe die Polizei angerufen, sobald ich sprechen konnte ohne ... na ja, sobald ich sprechen konnte.«

»Was ist denn nun passiert, Buddy?«, fragte Amy und baute sich vor ihm auf, zwang ihn, sie anzublicken. »Was ist Maria zugestoßen? Ist sie ertrunken? Als ihr beide schwimmen gegangen seid, hat sie da ...«

Buddy unterbrach ihre Fragen mit einer Handbewegung. »Wir sind nicht schwimmen gegangen.«

»Nicht?« Amy klang schockiert.

Er wich ihrem Blick aus und räusperte sich. »Es fällt mir immer noch verdammt schwer, darüber zu reden, weißt du.«

»Tut mir Leid«, erwiderte sie. »Aber wir waren alle so entsetzt, so völlig durcheinander. Jede Nacht träume ich, dass ...«

»Maria war schwimmen, ich nicht«, erklärte er. »Nachdem du weggegangen warst, haben Maria und ich das Wasser getestet. Maria wollte schwimmen. Aber ich dachte, die Unterströmung wäre zu stark. Es war ein unheimlicher Sog. Ich bin wirklich ein guter Schwimmer, aber ich hatte Angst vor der Strömung. Also bin ich nicht ins Wasser gegangen.«

Er hob einen flachen Stein auf und warf ihn hoch in die Luft.

»Und Maria?«, bohrte Amy ungeduldig.

»Sie wollte schwimmen. Ich hab ihr gesagt, sie sollte es besser nicht tun. Die Brandung war zu stark, zu unberechenbar. Sie nannte mich einen Feigling. Wir hatten praktisch einen Streit.« Seine Wangen färbten sich rot. »Ihr wisst, wie ich manchmal bin. Ich kann's nun mal nicht ausstehen, wenn man mich beschimpft.«

Er schüttelte den Kopf. »Jedenfalls ... ich habe ihr gesagt, ich würde nicht ins Wasser gehen, und sie hat gemeint, dann würde sie eben ohne mich schwimmen. Daraufhin habe ich gesagt, sie sollte tun, was sie nicht lassen könnte. Ich hab's nicht wirklich so gemeint, aber ich war sauer, versteht ihr? Also habe ich nur bye gesagt und bin ins Haus gegangen.«

Er hob noch einen Stein auf und betrachtete ihn eingehend. Er schluckte ein paarmal hart, dann blickte er Amy in die Augen. »Das war das letzte Mal, dass ich sie gesehen habe.«

Amy warf Ronnie einen Blick zu, um zu sehen, ob er Buddy die Story abkaufte. Ronnies Gesicht war zu einer grimmigen Miene verzogen. Dann wandte sie sich wieder an Buddy, der den glatten Stein in seiner Hand herumrollen ließ. »Glaubst du wirklich, dass Maria ganz allein schwimmen gegangen ist?«

»Ja, doch. Aus purer Dickköpfigkeit wahrscheinlich.« Er seufzte laut. »Bevor ich wusste, was geschah, wimmelte es von Polizisten am Strand. Als ich hörte, dass sie nach Maria suchten, begriff ich, was passiert war. Dass sie ... ertrunken war.«

»Ich fühlte mich so schuldig«, fuhr er leise fort. »Ich schätze, ich bin ein bisschen durchgedreht, als ich von dem Unglück erfuhr. Wenigstens behauptete meine Mom das. Sie sagte, ich hätte lauter wirres Zeug geredet. Deshalb hat sie mich von hier weggebracht und zu meinem Cousin gefahren. Es hat ein paar Tage gedauert, bis ich wieder einigermaßen klar denken konnte.«

»Ich kann immer noch keinen klaren Gedanken fassen«, murmelte Amy.

Ronnie legte zärtlich eine Hand auf ihre Schulter.

»Ich wollte nicht zurückkommen«, sagte Buddy. »Aber dann habe ich entschieden, dass man nicht vor den Dingen weglaufen kann.«

»Ja, das schätze ich auch«, meinte Ronnie leise.

Der Himmel färbte sich noch dunkler und verlieh den schäumenden Wellen eine olivgrüne Färbung. Der Wind frischte auf und fegte in Böen über den Strand, ließ kleine Sandwirbel aufsteigen.

»Ich habe Maria nicht lange gekannt«, sagte Buddy, während er auf das Wasser starrte. Aber ich hab sie echt gemocht.«

Amy fröstelte. »Es wird wirklich kalt jetzt.«

»Wollt ihr nicht hereinkommen und euch aufwärmen?« Buddy wies auf das Strandhaus. »Ich könnte uns heißen Kakao oder Kaffee machen.«

»Nein. Nein, danke«, versicherte Amy hastig. »Ich möchte nach Hause. Trotzdem, danke Buddy.«

»Ich bin froh, dass dir nichts passiert ist«, meinte Ronnie mit einem freundschaftlichen Klaps auf Buddys Schulter.

»Schon gut. Danke«, sagte Buddy. »Wir sehen uns später noch.« Damit machte er kehrt und joggte zum Strandhaus zurück.

Amy und Ronnie, schauten ihm nach, bis er im Innern verschwunden war. Dann blickte Amy Ronnie mit nachdenklicher, besorgter Miene. an.

»Glaubst du ihm?«

»Was denn? Dass er bei seinem Cousin war? Ja, wahrscheinlich.« Er rieb sich das Kinn. »Wir wissen ja, dass er in aller Eile von hier verschwunden ist. Als die Polizei das Strandhaus durchsuchte, war es leer.«

»Aber glaubst du auch die Geschichte über Maria? Dass sie unbedingt allein schwimmen gehen wollte?«

»Hmmm …« Er zuckte die Achseln.

»Das klingt überhaupt nicht nach ihr«, erklärte sie hitzig. »Maria war immer ziemlich unternehmungslustig und begeisterungsfähig, okay, aber sie war nicht tollkühn oder leichtsinnig.«

»Ja, du hast Recht«, erwiderte er. Aber warum sollte Buddy Lügen erfinden? Ich meine …« Er brach ab und starrte zum Ufer hinüber.

Amy sah sofort, was seine Aufmerksamkeit erregt hatte.

Etwas lag dort zusammengekauert im Sand, knapp oberhalb der Linie, wo sich die Wellen brachen.

Nicht etwas. Jemand.

Eine Gestalt lag mit dem Gesicht nach unten im Sand.

Amy und Ronnie rannten auf die Stelle zu. Zuerst erkannten sie den Jungen nicht, der mit gespreizten Armen und Beinen dalag, das Gesicht im Sand vergraben.

Und dann schrie Amy entsetzt: »Stuart!«

Pfützen dunklen Bluts waren auf Stuarts zerschmettertem Hinterkopf geronnen. Blut hatte sein Hemd durchnässt und eine Lache im Sand gebildet.

Ein paar Meter von dem übel zugerichteten Körper entfernt lag ein dicker Treibholzknüppel, blutverschmiert an einem Ende.

»Er ist ermordet worden«, sagte Ronnie tonlos, und seine Hand, die Amys fest umklammert hielt, war auf einmal so kalt wie der Tod.

Buddy presste die Stirn an die kühle Fensterscheibe und beobachtete die geschäftige Szene am Strand.

Polizisten hatten einen Kreis um die Leiche am Saum des Wassers gebildet. Weitere Beamte verteilten sich über den Strand und die Dünen und suchten nach Spuren.

Ein Radioreporterr stand neben dem Kreis von Polizisten und beeilte sich, seine Ausrüstung funktionsbereit zu machen. Die Lokalzeitung hatte zwei Reporter und einen Fotografen geschickt, um die Story aufzunehmen.

Was für ein Wirbel, dachte Buddy, unfähig, ein zufriedenes Grinsen zu unterdrücken. Das kühle Glas fühlte sich so gut an seiner fiebrigen Stirn an.

Mann, was für eine Aufregung.

Er selbst war auch ziemlich aufgeregt, wie er zugeben musste.

Mord war wirklich eine aufregende Sache. Und so einfach.

In all den Kinofilmen und im Fernsehen sah es immer so schwierig, so riskant aus. Fernsehmörder plagten sich immer mit massiven Gewissensbissen herum.

Niemand hatte jemals gesagt, wie simpel es ist, jemanden umzubringen.

Oder wie aufregend.

Die Polizisten hatten Stuart inzwischen mit einer Segeltuchplane zugedeckt. Aber die Mühe hätten sie sich eigentlich sparen können, dachte Buddy.

Er beobachtete, wie sie sich um die Plane kauerten und miteinander beratschlagten, während der fette Fotograf eine Aufnahme nach der anderen schoss.

»Mal sehen, ob du mich jetzt auch heruntermachst, Stuart«, sagte Buddy laut vor sich hin, als er sich vom Fenster abstieß und in dem spärlich möblierten Wohnzimmer auf- und abzuwandern begann. »Nur zu! Wir wollen doch mal sehen, ob du jetzt auch noch deine Witze über mich reißt.«

Stuart hat sich eingebildet, zum Schreien komisch zu sein, dachte Buddy verbittert. Er hat es genossen, mich auf die Palme zu bringen, mich vor allen lächerlich zu machen.

Alle haben es getan.

Okay, und Stuart musste dafür bezahlen.

Maria musste dafür bezahlen.

Sie werden alle dafür bezahlen.

Klar, ich bin ein Außenseiter, dachte er grimmig. Sicher, ich bin anders als sie. Kann schon sein, dass ich nicht dazugehöre.

Aber sie hatten keinen Grund, über mich zu lachen. Mich zu belügen.

Niemand mag es, wenn man ihn auslacht.

Er blieb am Fenster stehen und starrte hinunter auf den Strand. Keiner hatte sich gerührt.

Jetzt lacht niemand mehr, dachte Buddy glücklich.

Ein ganzer Strand voller Leute, und keiner lacht.

Etwas abseits von dem Kreis von Polizisten sah er Amy und Ronnie stehen, die gerade von zwei ernst dreinblickenden Beamten befragt wurden.

Es fiel Buddy schwer zu entscheiden, wen von den beiden er zuerst töten würde. Er wusste nur, dass sie sterben mussten. Sowohl Amy als auch Ronnie.

Und es war so leicht. So simpel. Besonders, wenn man wusste, dass man ungestraft damit durchkam.

Buddy zog sich ein sauberes T-Shirt an, während er »Earth Angel« vor sich hinsummte, ein Lied, das er vor kurzem im Radio gehört hatte. Er verstaute das blutbeschmierte T-Shirt sorgsam in seinem Rucksack und versteckte diesen in dem großen Schlafzimmerschrank.

Dann rannte er hinaus zu Amy und Ronnie, sorgsam bemüht, eine schockierte, entsetzte Miene aufzusetzen.

»Ich glaube es einfach nicht«, sagte er atemlos zu den beiden. »Gibt es irgendwelche Verdächtigen?«

Ronnie schüttelte den Kopf. Amy, deren Gesicht bleich und verängstigt aussah, schaute noch nicht einmal auf.

»Irgendwelche Hinweise oder so?«, erkundigte Buddy sich mit bekümmerter Miene.

»Das da ist die Mordwaffe. Da drüben.« Ronnie zeigte auf den Holzknüppel im Sand.

»Sieht ziemlich schwer aus«, meinte Buddy, während er auf das blutbeschmierte Stück Holz starrte.

»Es ist wie ein Albtraum«, murmelte Amy vor sich hin. »Zuerst Maria, jetzt Stuart.«

»Wer bist du denn?«, sagte plötzlich eine barsche Stimme,

Buddy fuhr herum und sah einen der Polizisten, der Amy und Ronnie befragt hatte, unmittelbar hinter sich stehen. Er hatte ein schmales, blasses, pickliges Gesicht und kleine, graue, stechende Augen.

Buddy sagte dem Officer seinen Namen. »Meine Mom und ich wohnen in dem Strandhaus.« Er wies auf das Haus.

»Wo ist deine Mutter?«, fragte der Polizist, während er Buddy unverwandt in die Augen starrte.

»In der Stadt, glaube ich. Sie ist nicht zu Hause.«

»Du hast Stuart Miller gekannt?« Der Blick des Polizisten hatte etwas Anklagendes, Durchbohrendes.

Buddy erwiderte seinen Blick ruhig. »Ich habe ihn vor ungefähr einer Woche kennen gelernt. Ich schätze, man könnte sagen, dass wir Freunde gewesen sind.«

»Hast du ihn heute Morgen gesehen?«

Buddy schüttelte den Kopf. »Nein.«

Eine Gruppe weiß gekleideter Sanitäter war inzwischen angekommen und hob Stuarts Leiche auf eine Trage.

»Hast du von dem Strandhaus aus irgend etwas beobachtet?«, erkundigte sich der Officer.

»Nein. Ich bin erst vor ein paar Minuten zurückgekommen. Ich war weg.«

Amy hob ruckartig den Kopf, als ihr plötzlich etwas einfiel, was mit Buddy zusammenhing. Das blutige T-Shirt. Und der große Blutflecken auf der Vorderseite.

»Ich war bei meinem Cousin in Rockford. Hab noch nicht mal ausgepackt«, erklärte Buddy.

Aber du hast ein sauberes Shirt ausgepackt, dachte Amy, während sie ihn argwöhnisch anstarrte.

Konnte all das Blut wirklich von einer Schnittwunde am Finger stammen?

Sie betrachtete forschend sein Gesicht, während er die Fragen des Polizisten beantwortete. Doch seine Miene enthüllte nichts.

Du hast keinen Grund, Buddy zu verdächtigen, schimpfte sie in Gedanken mit sich selbst. Buddy ist genauso niedergeschmettert wie du.

Er ist nur ein Junge wie die anderen. Er ist kein Mörder.

Während Amy ihn unverwandt anschaute, sah sie in Gedanken plötzlich ein anderes Bild von ihm. Sah ihn in ihrer Erinnerung im Wasser herumstrampeln und mit beiden Armen winken und verzweifelt rufen. Und sie sah Ronnie und Stuart über den Strand laufen und übermütig Buddys Badehose schwenken.

Wieder sah Amy im Geist den gequälten Ausdruck auf Buddys Gesicht. Sie sah, wie er sich auf den heranrollenden Wellen über Wasser zu halten versuchte, während er sie anflehte, ihm seine Badehose zuzuwerfen.

Es war alles so komisch.

Es hatte alles so riesigen Spaß gemacht.

Kaum zu glauben, dass es erst eine Woche her war.

Seltsam, was für Sprünge die Gedanken machen, dachte Amy verwundert. Wenn eine Tragödie passiert ist, etwas ganz Schreckliches, wollen die Gedanken abschweifen zu glücklicheren Zeiten, heitereren Bildern.

Sie stellte sich den armen, verzweifelten Buddy vor, der hilflos auf den Wellen hüpfte, sich nicht an den Strand traute, und musste unwillkürlich lachen.

»Was gibt es so Witziges?«, fragte Buddy streng.

»Nichts«, erwiderte Amy hastig ... und fühlte einen Stich von Schuldbewusstsein.

Auf Buddys Gesicht erschien plötzlich ein ganz merkwürdiger Ausdruck.

»Wechseln! Wechseln!«

Das Mädchen mit dem kurzen blonden Haar, einem irren smaragdgrünen Badeanzug und einer Figur wie Jayne Mansfield legte die Hände beim Rufen wie einen Trichter an den Mund. Die anderen Teammitglieder wechselten gehorsam die Position.

»Dein Aufschlag!«, rief das Mädchen und schleuderte Amy den Volleyball zu.

Der Ball traf Amy voll gegen die Brust. Ihr blieb fast die Luft weg. Warum musste das Mädchen so hart werfen? Und warum brüllte sie dauernd aus voller Kehle: »Wechseln!«?

»Schlag ihn übers Netz, Maus«, rief Ronnie ihr von seiner Position am Netz aus zu.

»Äußerst hilfreicher Tipp«, erwiderte Amy und verdrehte die Augen.

Einige Kids lachten.

Amy fand es nicht sonderlich komisch. Das Netz sah so hoch aus. Sie hielt den Ball in ihrer winzigen Handfläche und ballte die andere Hand zur Faust, um ihn wegzuschlagen.

Wenn ich nur ein paar Zentimeter größer wäre, würde das Match mehr Spaß machen, dachte sie.

Wolken schoben sich vor die Sonne, und die Luft wurde augenblicklich kühler. Die Wettervorhersage hatte wieder Regen vorausgesagt. Es hatte diese Woche keinen Tag ohne Regen gegeben.

Was für düstere Ferien.

»Du sollst ihn schlagen, nicht studieren!«, brüllte ein Junge der anderen Mannschaft.

Amy versetzte dem Ball mit aller Kraft einen Hieb. Sie schrie enttäuscht auf, als sie beobachtete, wie er geradewegs ins Netz segelte.

»Netzball!«, rief das Mädchen im smaragdgrünen Einteiler.

Ein Bild schoss Amy durch den Kopf, wie sie der Blonden den Ball direkt in die Zähne knallte.

»Noch mal!«

Ronnie fischte den Volleyball aus dem Sand und warf ihn zu Amy zurück. »Los, übers Netz!«, rief er.

Amy stellte sich zum zweiten Versuch auf. Sie hob den Ball hoch und schloss die andere Hand zur Faust.

Das Netz ragte drohend über ihr auf, bewegte sich leise in der auffrischenden Brise.

Alle beobachten mich, dachte sie, während sie konzentriert auf den Ball starrte und ihren Blick dann zum Netz hob.

Los, drüber. Drüber. Bitte, flieg rüber!

Der Schlag saß nicht schlecht. Diesmal flog der Ball höher, er streifte jedoch auf seinem Weg ins gegnerische Feld das Netz.

Von ihren Teamkameraden kam lautes Geseufze und Gemurre. Amy drehte sich zu Ronnie um und sah ihn den Kopf schütteln.

Hey, Leute, es ist doch nur ein Spiel, dachte sie verärgert. Mann, die nehmen Volleyball aber wirklich ernst, überlegte sie, während sie die angespannten Gesichter beobachtete, als der nächste Spieler den Ball hoch übers Netz beförderte und alle begeistert auf- und abhüpften und in die Hände klatschten.

Der Ball kam vor ihr heruntergesaust. Sie machte einen Hechtsprung und streckte blitzschnell die Hände hoch.

Geschafft!

Der Ball trudelte übers Netz und prallte auf dem Sand auf.

Grinsend rappelte Amy sich auf und klopfte den Sand von ihren pinkfarbenen Shorts ab.

»Volltreffer!«, rief das Mädchen im smaragdgrünen Badeanzug und hielt den Daumen hoch.

»Danke«, rief Amy. »Wie heißt du?«

»Amy«, rief das Mädchen zurück.

Amy sperrte überrascht den Mund auf. »Ich auch!« brüllte sie.

»Hi, Amy«, meinte das Mädchen lachend.

»Hi, Amy!«

Wirklich witzig. Amy und Ronnie kannten die Kids nicht. Keiner von ihnen war aus Ridgefield. Aber sie schienen recht nett zu sein, unheimlich begeistert und unheimlich sportlich.

Es ist herrlich, sich in einem Spiel zu verlieren und seine Sorgen eine Weile zu vergessen, dachte Amy, als sie zuschaute, wie sich ein anderer Spieler zum Aufschlag bereitmachte.

Trotzdem, sie konnte nichts dagegen tun. Sie konnte sich einfach nicht völlig konzentrieren. Sie ertappte sich dabei, wie ihre Gedanken wieder zu Maria abschweiften.

Immerzu musste sie an sie denken.

Jedes Mal, wenn ein Mädchen mit dunklem Haar und Pferdeschwanz am Strand auftauchte, war Amy drauf und dran, »Maria!« zu rufen.

Buddy lauerte ebenfalls in ihren Gedanken.

Das Blut auf seinem T-Shirt.

Der seltsame Ausdruck auf seinem Gesicht, als er sie am Nachmittag angestarrt hatte

Er hatte ihr richtig Angst gemacht.

Sie fürchtete sich immer noch.

Es gab keinen Grund zu glauben, dass Buddy ein Lügner war. Andererseits ergab seine Geschichte über Maria irgendwie keinen Sinn. Sie klang nicht sehr wahrscheinlich.

Maria wäre nicht ganz allein weit ins Meer hinausgeschwommen. Sie wäre dicht am Strand geblieben.

Und wenn sie in der Nähe des Strandes ertrunken wäre, hätte ihre Leiche inzwischen angeschwemmt worden sein müssen.

Ihre Leiche.

O Gott.

Amy konnte diese schrecklichen, Furcht einflößenden Gedanken einfach nicht abstellen.

Ganz gleich, wie sehr sie sich bemühte, sie zu verdrängen, sie kamen immer wieder hoch. Maria war immer gegenwärtig. Maria und Buddy.

Das blutige T-Shirt.

Stuarts zerschmetterter Schädel.

»Pass auf!«, brüllte jemand in ihre Überlegungen hinein.

Der Ball traf Amy an der Schulter und sprang in die Höhe. Sie reagierte sofort, schlug ihn hoch. Und das Mädchen neben ihr schlug ihn übers Netz und machte einen Punkt.

Amy stimmte in die Jubelrufe ihrer Teamkameraden mit ein. Es macht richtig Spaß, redete sie sich erneut ein. Ich habe das Recht auf ein bisschen Spaß in diesem Sommer.

Es tat ihr Leid, als das Match zu Ende war.

»Ich schätze, das war nur ein kleines Aufwärmtraining«, meinte Ronnie, als er zu Amy kam. Auf der Vorderseite seines marineblauen ärmellosen T-Shirts zeichnete sich ein Schweißfleck ab.

»Ich muss meinen Aufschlag trainieren«, erwiderte sie lächelnd.

»Wir werden dir einen Stuhl zum Draufstellen besorgen, Maus.«

»Ha ha«, sagte Amy sarkastisch. »Sehr witzig.«

Ronnie ließ sich auf die Knie fallen, um in seiner Sporttasche zu wühlen. Als er seine Armbanduhr herauszog, riss er erschrocken die Augen auf. »Oh, Mist. Ich hab meinen Eltern versprochen, heute früher nach Hause zu kommen und zu helfen. Sie geben heute Abend eine große Grillfete. Hey, ich muss los. Kommst du mit?« Er zog den Reißverschluss zu und sprang auf.

»Nein. Ich glaube, ich bleibe noch eine Weile und schaue mir die Wolken an«, erwiderte Amy mit einem Blick zum Himmel, wo sich schwarze Wolkenungetüme ballten. »Ich liebe dieses Wetter. So kühl und nass. So dramatisch.«

»Okay, dann bis später.« Ronnie schnappte sich seine Sandalen und rannte über den Strand in Richtung Straße davon.

Amy schaute ihm einen Moment nach und dachte flüchtig, wie sehr er im Laufen einer großen, schlaksigen Giraffe ähnelte. Dann drehte sie sich wieder zum Strand um.

Noch vor wenigen Minuten war er mit Schwimmern und Sonnenanbetern überfüllt gewesen. Aber die drohenden Wolken hatten ihn nahezu geleert. Mit Klapptischen, Stühlen, Sonnenschirmen und Kühlboxen bewaffnet bahnten sich die Leute einen Weg über die flachen Dünen, eifrig darauf bedacht, nach Hause zu kommen, bevor der Regen einsetzte.

Amy verschränkte fröstelnd die Arme vor der Brust und schlenderte zum Wasser hinunter. Es war so erfrischend, den kühlen, feuchten Wind durch ihr Haar pusten zu fühlen. Graue Wellen rollten rauschend auf den Sand. Sie ging bis zu den Knöcheln ins Wasser. Es fühlte sich überraschend warm an.

Der Strand lag jetzt verlassen da, bis auf zwei ältere Angler am entgegengesetzten Ende, die geduldig ihre Angeln ins Wasser hielten, und eine Gruppe halbwüchsiger Jungs weiter oben in den Dünen, die einen ziemlichen Spektakel machten.

Amy bummelte eine Weile weiter, ließ das warme, schäumende Wasser über ihre nackten Füße gleiten.

Sie hatte gerade beschlossen, nach Hause zu gehen, als sie aus den Augenwinkeln jemanden in rasantem Tempo auf sich zuflitzen sah.

Sie blinzelte gegen das Licht. Wer hatte es denn da so schrecklich eilig? Und was wollte er von ihr?

»Buddy!«, schrie sie, als sie schließlich sein Gesicht erkennen konnte.

Und sie fühlte Beklommenheit in sich aufsteigen.

Alarmglocken schrillten in ihrem Kopf.

Buddy. Buddy verfolgte sie.

Noch bevor sie begriff, was sie tat, lief Amy aus dem Wasser und rannte vor ihm davon, während ihr Herz hämmerte und die Angst ihre Glieder schwer wie Blei machte.

Ihre nackten Füße sanken in den feuchten Sand ein. Sie hatte das Gefühl, sich einen steilen Hügel hinaufkämpfen zu müssen.

Sie blickte zurück und sah, wie Buddy an Tempo zulegte, die Arme weit ausgestreckt, sein Gesicht krebsrot. Er rief ihr etwas zu, aber das Brausen des Windes übertönte alle anderen Geräusche.

Amy rannte jetzt aus Leibeskräften, rannte so schnell ihre Füße sie trugen. Versuchte, dem Schrecken zu entkommen. Versuchte, vor ihrer plötzlichen Panik davonzulaufen.

Aber Buddy war jetzt direkt hinter ihr.

Sie stieß einen stummen Schrei aus, als er sie um die Taille packte und sie auf den Sand warf.

Mit einem wütenden Protestruf machte Amy sich aus Buddys Griff frei und rappelte sich auf.

Zu ihrer Verblüffung blieb Buddy auf dem Bauch liegen. Er lachte übermütig und streckte spielerisch die Hand nach ihr aus. Keuchend und völlig außer Atem stand Amy da und versuchte zu entscheiden, ob sie bleiben oder weglaufen sollte.

Sein Lachen ließ sie zögern.

»Hey, du bist ganz schön schnell!«, rief er und erhob sich auf die Knie.

Sie beobachtete ihn misstrauisch.

»Warum bist du weggelaufen?«, fragte er. »Hast du nicht gesehen, dass ich es war?«

Sein dunkles Haar, sonst so ordentlich gebürstet, hing ihm wild um den Kopf. Auf der Vorderseite seines T-Shirts klebte nasser Sand.

»Ich ... ich weiß nicht«, erwiderte Amy. Ihr Pulsschlag beruhigte sich allmählich. »Du hast mir einen ziemlichen Schreck eingejagt«, fügte sie hinzu.

Warum bin ich eigentlich davongelaufen?, fragte sie sich. Warum hat Buddys Anblick eine solche Panik in mir heraufbeschworen?

»Entschuldige«, meinte er, als er aufstand und sich mit beiden Händen den Sand abwischte. Er trat auf Amy zu, so dicht, dass sie seinen Schweiß riechen konnte. Er war mehr als einen Kopf größer als sie und breit und muskulös.

Gewöhnlich benahm er sich so verlegen, so schüchtern, dass sie niemals zuvor bemerkt hatte, wie kräftig er gebaut war.

»Ich wollte dir keine Angst machen«, sagte Buddy und seine Miene wurde ernst. »Ich bin nur so gerannt, um dich einzuholen. Ich ... ich dachte, wir könnten ein bisschen reden oder so.«

»Nein. Ich muss jetzt gehen«, erwiderte Amy, als ihr klar wurde, dass sie jetzt die Einzigen am Strand waren.

Die beiden Angler waren außer Sichtweite verschwunden, die Jungs oben in den Dünen waren auch nicht mehr da.

»Ich bin ein bisschen einsam, schätze ich«, fuhr er bedrückt fort. »Ich meine, ich hab viel Zeit zum Nachdenken. Und ich kann einfach nicht aufhören, über gewisse Dinge zu grübeln. Du weißt schon.«

Amy musterte ihn schweigend, überrascht über seine Aufrichtigkeit, verblüfft, dass er sich ihr so offen anvertraute.

»Ich habe so schreckliche Träume von Maria«, platzte er heraus.

Dann seufzte er, als wäre er erleichtert, dass er es endlich geschafft hatte, es auszusprechen.

»Ich auch«, meinte sie leise.

»Ich habe mir gewünscht, ich könnte mit jemandem darüber reden«, sagte Buddy und blickte ihr zum ersten Mal in die Augen. »Mit jemandem, der Maria gekannt hat.«

Vielleicht habe ich ihn falsch eingeschätzt, dachte sie. Keiner von uns ist fair mit Buddy gewesen. Er ist ein Außenseiter, und wir haben ihm niemals eine echte Chance gegeben.

»Ich ...« begann er zögernd. »Wollen wir vielleicht einen kurzen Spaziergang machen? Zu meinem Haus? Wir könnten uns unterwegs unterhalten.« Seine Augen blickten bittend, hoffnungsvoll.

»Also ...« Amy schaute zu dem immer dunkler werdenden Himmel hinauf. »Ich glaube, es gibt ein Gewitter.«

»Nur einen kurzen Spaziergang«, bettelte Buddy. »Wenn es zu regnen anfängt, kannst du ja mit ins Haus kommen und das Unwetter dort abwarten.«

Amy blickte in seine Augen. Dunkle, traurige, flehende Augen.

Soll ich mit ihm gehen?, überlegte sie.

Sie spürte, dass ihr Herz immer noch raste. Ihr Mund fühlte sich so trocken wie Sand an.

Ach, ich weiß nicht, was ich tun soll, dachte sie.

Buddy stand bewegungslos da, wartete geduldig auf ihre Antwort.

6. Kapitel

Sommer 1995

»Ich habe immer noch das Gefühl, als müssten wir Lucy und Kip jeden Moment über den Weg laufen«, sagte Ashley, während sie über den überfüllten Strand hinwegschaute.

Es war ein heißer, feuchter Tag, Die Sonne stand hoch an einem grauen, dunstigen Himmel, kein Lüftchen regte sich, noch nicht einmal am Wasser. Die Wellen waren niedrig, kamen in weiten Abständen und brachen sich direkt auf dem Sand. Ashley fiel auf, dass im Ozean fast so ein Gedränge wie am Strand herrschte, weil die Leute Abkühlung im Wasser suchten.

Sie und Ross bahnten sich einen Weg um Sonnenschirme und Strandlaken herum und strebten zum Wasser.

In der Nähe übten zwei junge Farbige in ausgebeulten Bermudashorts einen komplizierten Tanzschritt ein, ihr Ghettoblaster auf volle Lautstärke eingestellt.

»Es ist so laut heute«, jammerte Ross.

»Du klingst allmählich wie ein alter Mann«, witzelte Ashley. Sie imitierte, einen missgelaunten alten Kerl. »Stell das Radio leiser! Bist du taub, oder was?«

Ross zog die Augenbrauen hoch. »So klinge ich nun wirklich nicht«, protestierte er und versetzte ihr spielerisch einen Schubs, der sie fast über zwei junge Frauen hätte stolpern lassen, die auf einer Decke lagen.

»Wenn es dir zu laut ist, bist du zu alt«, gab sie zurück. Plötzlich schrie sie auf und griff hart nach seinem Arm.

»Entschuldige«, murmelte sie gleich darauf. »Ich dachte, ich hätte Lucy gesehen. Der Gedanke verfolgt mich ständig.« Sie zeigte nach vorn. »Das Mädchen da. Sieht sie nicht genau aus wie Lucy?«

Ross versuchte, ihrem Blick zu folgen. »Tut mir Leid, ich sehe sie nicht.«

»Sie hat sich gerade hingesetzt. Ist ja auch egal.«

Er seufzte. »Ich muss auch immer an Lucy und Kip denken«, gestand er leise. »Ich meine, irgendwo müssen sie doch sein, nicht?«

»Ja«, erwiderte Ashley bedrückt. »Zwei Leute können sich nicht einfach in Luft auflösen.«

»Wirklich eigenartig.« Er schüttelte verständnislos den Kopf. »Es ist nun schon Tage her. Kein Zeichen von ihnen. Nicht die geringste Spur.«

»Die Polizei hat Lucys Eltern glauben machen wollen, dass Lucy und Kip zusammen abgehauen sind«, sagte Ashley. »Glaubst du das? Ich meine, so ernst war es Lucy mit Kip doch gar nicht. Ich denke, sie mochte ihn noch nicht mal so besonders.«

»Ich weiß nicht«, erwiderte Ross nachdenklich. »Es ist nicht nett, so etwas zu sagen. Ich meine, weil er vermisst wird und alles. Aber ich mochte ihn auch nicht sonderlich. Ich finde, er war irgendwie ein Widerling.«

»Stimmt. Kip fühlte sich ständig angegriffen. Er bildete sich ernsthaft ein, wir schauten auf ihn herab, weil er in den Ferien arbeiten musste.«

»Ich habe versucht, freundlich zu ihm zu sein«, erklärte Ross, während er das Gummi um seinen Pferdeschwanz im Gehen fester zog. »Aber er hat sich einfach abgewandt. Du weißt schon. Hat mir den Rücken zugekehrt und getan, als schliefe er oder so.«

»Und er hatte überhaupt keinen Sinn für Humor«,

fügte Ashley hinzu. »Es hat ihn echt wütend gemacht, wenn wir herumgeblödelt haben.«

»Ich kann nicht glauben, dass wir über Kip reden, als wäre er tot«, sagte er und schluckte hart.

»Ja. Wenn Kip tot ist, bedeutet das, dass Lucy ...« Sie wollte ihren Satz lieber nicht beenden. »Lass uns das Thema wechseln«, sagte sie hastig. »Wir haben die Sache wieder und wieder durchgesprochen. Und es bringt uns ja doch nicht weiter. Es macht uns nur noch deprimierter.

»Ja, ich weiß«, erwiderte er düster.

Ashley kickte ihre Nike-Turnschuhe von den Füßen, nahm sie in die Hand und watete ins Wasser hinein. »Huch! Ich dachte, es wäre wärmer!«

Ross schlenderte neben ihr auf dem Trockenen Sand her.

»Gehen wir nun zu Brian oder nicht?«, erkundigte Ashley sich nach einer Weile zögernd, weil sie wusste, es war ein brisantes Thema.

»Wir?«, fragte er sarkastisch zurück. »Du meinst, dein neuer Freund hat mich ebenfalls eingeladen?«

»Hör auf damit, Ross«, sagte sie mühsam beherrscht. »Er ist nicht mein neuer Freund. Sei kein Idiot. Du weißt genau, dass er uns beide, nicht nur mich, zum Tennisspielen eingeladen hat!«

»Wer braucht schon Brian Sayles?«, knurrte Ross missmutig.

»Ich denke nur, es könnte lustig werden, das ist alles. Brian sagt, sein Tenniscourt wäre phantastisch. Und es ist ein privater Platz. Du schimpfst immer, dass du bei den öffentlichen Plätzen jeden Morgen warten musst, bis einer frei wird.«

»Ich weiß, aber ...«

»Und du jammerst dauernd, wie schlecht die

Courts sind. Die kaputten Netze. Die Löcher im Asphalt.«

»Ich weiß«, wiederholte Ross störrisch. Er hob eine Hand voll Sand auf und ließ ihn durch die Finger rieseln.

»Brian scheint wirklich ganz in Ordnung zu sein«, fuhr Ashley fort. »Bist du gar nicht neugierig auf sein tolles Haus? Wir könnten einen Tag lang so tun, als wären wir irre reich.«

»Du willst irre reich mit Brian sein«, sagte er vorwurfsvoll. »Gib's ruhig zu. Du willst mich gar nicht im Schlepptau haben.«

»Aaaargh!« Ashley stöhnte genervt. »Fang nicht wieder damit an! Ich warne dich!« Sie stampfte ärgerlich mit dem Fuß im Wasser auf, sodass Ross ein paar Spritzer trafen.

»Ja, ja. Das Thema hatten wir auch schon häufiger.« Er wich mit angewidertem Gesicht zurück.

»Ich schätze, wir haben alles schon mal gehabt«, gab Ashley zornig zurück, unfähig, ihren Ärger noch länger zu unterdrücken. »Wir haben uns nichts mehr zu sagen. Wir haben uns gegenseitig über, richtig?«

»Das habe ich nicht behauptet.« Ross' dunkle Augen funkelten. »Du versuchst nur, einen Streit anzuzetteln, damit du mit ruhigem Gewissen mit Brian ausgehen kannst!«

»Verdammt!«, knurrte sie wütend und stürzte aus dem Wasser heraus auf ihn zu. »Ich habe dich gewarnt …«

Seine Augen wurden groß vor Überraschung, und er hob beschwichtigend beide Hände. »Okay, okay, du hast gewonnen.« Er versuchte, rückwärts auszuweichen, stolperte aber über eine große Muschel und fiel der Länge nach in den Sand.

Ashley konnte nichts dafür. Sie wollte wütend bleiben. Doch Ross sah so albern aus, wie er auf dem Rücken lag, Arme und Beine gespreizt, dass sie anfing zu lachen.

»Was ist daran so witzig?«, fragte er barsch.

»Du siehst aus wie ein Riesenkrebs«, ulkte sie.

Röte flammte in seinem Gesicht auf, seine Augen blitzten drohend.

Sie wusste, er hasste es, aufgezogen zu werden. Aber sie hatte es bewusst darauf angelegt, ihn zu ärgern. Er hatte es verdient.

»Pass lieber auf«, sagte er schon etwas milder. »Krebse zwicken gerne«.

Ashley lachte und streckte ihm die Hand hin, um ihm aufzuhelfen. Ross packte blitzschnell ihre beiden Hände und zog sie mit einem Ruck auf sich herunter.

»Ross, hör auf!« protestierte sie, während sie sich aus seiner Umarmung zu befreien versuchte. »Es sind so viele Leute hier. Es ...«

Er schlang eine Hand um ihren Kopf, um sie zu küssen. Sie beschloss, keinen Widerstand zu leisten. Sie küssten sich lange und leidenschaftlich.

»Steh auf!«, stöhnte er, als sie schließlich den Kopf hob. »Du zerquetschst mich!«

»Schon gut. Du brauchst nicht gleich beleidigend zu werden.«

Als Ashley aufstand, setzte ein plötzlicher Regenschauer ein. Riesige Regentropfen prasselten vom Himmel und trommelten auf den Sand.

Innerhalb von Sekunden wurde das Geräusch des Regens von den Rufen und dem Geschrei von Schwimmern und Sonnenanbetern übertönt, die in aller Eile ihre Decken, Kühltaschen und sonstige Sachen zusammenrafften und zu ihren Autos stürzten.

Ashley zog Ross hoch. »Los, komm. Der Regen ist ja richtig kalt. Wir müssen einen Ort finden, wo wir …«

Sie ergriff seine Hand und zog ihn vom Wasser fort. Ihr Haar war bereits klatschnass. Wahre Sturzbäche gossen vom Himmel herab und machten es schwer, etwas zu sehen.

»Hey, wo willst du hin?«, rief Ross über den Regen hinweg.

»Ich weiß nicht. Ich versuche nur …« Und dann kam das Strandhaus in Sicht.

Ohne darüber nachzudenken begann Ashley, Ross in die Richtung zu ziehen. Er sah das Haus ebenfalls, und beide stolperten blindlings darauf zu.

Ross erreichte es als Erster, hastete die Stufen hinauf und dann um die Seite herum zu der Glastür. Wenige Augenblicke später saßen sie zusammengekauert nebeneinander im Wohnzimmer, durch und durch nass, und starrten auf die Regenfluten draußen auf dem Strand, der jetzt vollkommen verlassen dalag.

»Brrr … mir ist kalt«, sagte Ashley mit klappernden Zähnen und schlang die Arme um ihre nackte Taille. Ihr Bikini wärmte nicht gerade. »Leih mir dein T-Shirt.«

Ross fror ebenfalls. »Machst du Witze? Es ist völlig durchweicht. Es würde dich nicht aufwärmen.«

»Vielleicht gibt es ein paar Handtücher hier«, schlug sie verzweifelt vor. »Oder einen Bademantel oder so was.«

»In einem Strandhaus, das seit dreißig Jahren leer steht?«

Sie zog ein angewidertes Gesicht. »Lass uns wenigstens mal nachschauen. Es ist einen Versuch wert.«

Ashley sprang auf und strebte zum Flur, ohne seine Antwort abzuwarten. Regen trommelte auf das

Dach und spritzte gegen die Fenster. Das unablässige Rauschen der Meereswellen wetteiferte mit dem Prasseln des Regens.

Es gab keine Handtücher in dem kleinen Bad. Ashley hinterließ eine schmale Wasserspur, als sie nach nebenan in das Schlafzimmer eilte. Es war nur mit einem Doppelbett mit einer nackten Matratze und einer Frisierkommode möbliert. Hastig riss sie die Schubladen auf. Wieder nichts.

Mit einem genervten Seufzer eilte sie zu dem Wandschrank und schob die Tür auf. Es war dunkel im Innern. Sie spähte hinein. Er schien leer zu sein.

Sie trat hinein.

Wow, dachte sie. Sie steckte ihren Kopf hinaus und rief: »Hey, Ross. Komm her und sieh dir diesen Wandschrank an. Er ist riesig.«

»Nein, danke«, hörte sie ihn zurückrufen. »Schränke interessieren mich nicht besonders. Hast du irgendwelche Handtücher gefunden?«

»Nein«, erwiderte sie entmutigt.

Es ist so dunkel hier drin, dachte Ashley. Der Schrank scheint größer als das ganze Zimmer zu sein!

Fröstelnd wandte sie sich zum Gehen um, als ihr Fuß etwas berührte.

Etwas Weiches, das sich um ihren Knöchel wickelte.

Ashley schnappte erschrocken nach Luft und trat danach, aber es wollte nicht loslassen.

Und dann fing sie an zu schreien.

»Ashley, um Gottes willen, was ist? Wo bist du?«

Ross stürzte in den offenen Schrank. »Alles okay?«, fragte er alarmiert.

»Ja, entschuldige«, sagte sie mit immer noch zitternder Stimme. »Da war etwas auf dem Boden. Ich hab's aufgehoben. Es ist …«

Sie legte eine Hand auf seine Brust und gab ihm einen sanften Schubs, dann folgte sie ihm aus dem dunklen Wandschrank hinaus.

In dem grauen Licht, das zum Schlafzimmerfenster hereinfiel, untersuchte sie ihren Fund genauer. Und riss überrascht die Augen auf.

»Es ist doch nur ein Tuch«, meinte Ross ungeduldig. »Was guckst du so verdattert?«

»Es gehört Lucy«, brachte sie schließlich hervor, immer noch erschrocken auf das grüne Seidentuch in ihrer Hand starrend. Sie ließ es durch ihre zitternden Finger gleiten. Es ist das edle Tuch, das ich Lucy zu ihrem letzten Geburtstag geschenkt habe.«

»Wie ist es in den Schrank gekommen?«, wollte er wissen.

Ashley betrachtete das Tuch und blickte dann zu Ross auf. »Ich weiß es nicht.«

Hinter der hohen, perfekt geschnittenen Hecke erhob sich Brians Sommerhaus wie ein Schloss. Drei Stockwerke hoch ragte es über einem breiten, gepflegten Rasen auf, ein großes, rosa-graues Steingebäude mit weißen Läden an den schmalen, langen Fenstern.

Ashley lenkte den Wagen ihrer Eltern die scheinbar endlose Auffahrt hinauf, fuhr an einem Blumengarten von der Größe einer Wiese vorbei, und parkte vor der Garage, in der vier Autos Platz hatten.

»Ist das ein Haus oder ein Hotel?«, fragte Ross mit großen Augen, als sie über den mit Steinplatten belegten Weg zum Haus hinübergingen.

»Brian hat nicht geflunkert, als er sagte, er wäre reich«, meinte Ashley und betrachtete bewundernd eine fein ziselierte Skulptur, die von einem Meer leuchtend orangefarbener und gelber Tigerlilien eingerahmt war.

Sie blieben vor der Haustür stehen, die passend zu den Fensterläden weiß gestrichen war, mit einem polierten Messingklopfer in der Mitte.

Ashley suchte nach der Klingel. Da sie keine fand, griff sie schließlich nach dem Türklopfer.

Sie hatte ihn kaum angehoben, als die Tür bereits aufschwang. Eine Hausangestellte in gestärkter weißer Uniform starrte ihnen entgegen. Sie war eine dünne Frau mittleren Alters mit ausdrucksvollen dunklen Augen und kurzem, vollem Haar, das früher einmal schwarz gewesen sein musste, jetzt jedoch breite graue Strähnen aufwies. »Wollt ihr nicht hereinkommen?«, fragte sie kalt und winkte Ashley und Ross ins Haus.

»Brian erwartet euch«, sagte die Frau, während sie die beiden weiter unverwandt mit ihren dunklen Augen von oben bis unten musterte, als wollte sie sie auf Flöhe überprüfen.

In dem Augenblick kam Brian in die Halle, in Tennisklamotten und mit einem Racket unter dem Arm. Ein großes, schlankes, rothaariges Mädchen folgte ihm.

»Deine Gäste sind da«, verkündete die Frau und eilte dann aus der Halle, wobei ihre Gummisohlen auf dem Parkettfußboden quietschten.

»Hi, wie geht's?«, fragte Brian fröhlich. Sein Blick ruhte erfreut auf Ashley. »Kümmert euch nicht um Mary. Sie ist ein bisschen eigenartig.«

»Sie hat uns ununterbrochen angestarrt«, erwiderte Ashley leise.

»Wahrscheinlich ist sie nur kurzsichtig«, meinte Brian. Er wies auf das große Mädchen neben sich.

»Kennt ihr meine Kusine Sharon? Sharon, das sind Ashley und Ross.«

Alle sagten hallo. Ross trat verlegen vor, um Sharon die Hand zu geben. »Nette kleine Hütte, die du hier hast«, sagte er zu Brian. Er versuchte, locker zu klingen, aber es klang sarkastisch.

»Es ist ein perfekter Tag für ein Tennismatch«, meinte Brian und lächelte Ashley strahlend an. »Kommt mit.«

Ashley versuchte, etwas von dem Haus zu sehen, während sie Brian einen breiten Flur hinunter zur Rückseite folgten. Es gab so viele Räume. Sie sah wenigstens zwei Wohnzimmer, elegant eingerichtet mit dunklen, antiken Möbeln. Sie kamen an einer riesigen Bibliothek vorbei und an einem Esszimmer mit einem endlosen Eichentisch, der für mindestens sechzehn Personen gedeckt war.

Mary, die Haushälterin, stand steif in der Küche, als sie an der offenen Tür vorbeigingen. Sie hielt ein großes Silbertablett mit Tellern beladen in den Händen und starrte sie stumm und mit unbeweglicher Miene an.

Der Rasen hinter dem Haus dehnte sich weich und gepflegt wie ein grüner Teppich aus. In einem weiteren kleinen Garten stand das Badehaus. Dahinter glitzerte ein Swimmingpool von olympischen Ausmaßen. Ein lang gestrecktes, zweistöckiges Gästehaus stand weiter rechts davon, und daneben lag der rote Tenniscourt. In der Ferne wurde der Rasen von Sand abgelöst, wo die Dünen begannen und zum Meer führten.

»Wow! Du hast den Ozean praktisch im Garten!«, rief Ashley begeistert.

»Ja. Nachts kann ich das Rauschen bis in mein Zimmer hören. Es ist wie eine dieser Maschinen, die Toneffekte erzeugen.«

Ashley fiel plötzlich auf, dass Sharon bisher noch kein Wort gesagt hatte. Sie drehte sich um und sah, wie Sharon sie nachdenklich anblickte. Möchte wissen, was ihr Problem ist, dachte Ashley unbehaglich. Und kam dann zu dem Schluss, dass Sharon wahrscheinlich nur schüchtern war.

»Irgendein Zeichen von Kip und Lucy?«, fragte Brian unvermittelt. Er zog die Schutzhülle von seinem Tennisschläger ab. »Sind sie inzwischen gefunden worden?«

»Nein«, erwiderte Ashley leise. »Es gibt keinerlei Hinweise. Die Polizei meint, sie wären zusammen abgehauen, aber ich glaube es nicht.«

»Warum nicht?«, fragte Sharon. Es war das erste Mal, dass sie den Mund aufmachte. Sie hatte eine tiefe, rauchige, sexy Stimme.

»Lucy ist einfach nicht der Typ«, erklärte Ashley. »Ich kenne sie schon seit einer Ewigkeit. Sie würde nicht einfach weglaufen.« Sie wandte sich an Brian. »Ich habe ein Tuch von Lucy gefunden. Im Strandhaus.«

Seine Augen weiteten sich vor Überraschung. »Im Strandhaus?«

»Du weißt schon. Das leere Haus am Ende des Strandes.«

»Wie ist es denn dahin gekommen?« Brian schirmte seine Augen gegen die Sonne ab.

»Na ja, Kip und Lucy sind manchmal dorthin gegangen, um zu knutschen«, antwortete Ashley. »Ich habe das Tuch auf dem Boden eines begehbaren Wandschranks gefunden.«

»Aber es gab keine Anzeichen von Gewalttätigkeit

oder so?« Brians Blick schien sich in Ashleys Augen hineinzubrennen.

Sie schüttelte den Kopf. »Überhaupt keine Spuren. Nur das Tuch auf dem Schrankboden.«

»Merkwürdig«, meinte Sharon.

Brian sagte gar nichts darauf. »Lasst uns im Doppel spielen«, schlug er vor. »Ashley und ich spielen gegen euch beide.«

Sie machten ein paar Aufwärmübungen, schlugen den Ball leicht hin und her. Zu Ashleys Überraschung war Brian kein sehr guter Tennisspieler. Er bewegte sich ungeschickt und unsicher, und sein Schlag war unberechenbar, manchmal fast wild.

Trotz seiner Unsportlichkeit fühlte sie sich zu ihm hingezogen. Er sah wirklich gut aus und wirkte lässig und bescheiden, schien sich mit dem Reichtum seiner Eltern wohl zu fühlen, ohne deshalb im Geringsten überheblich zu sein.

Beim Spielen konnte Ashley Brians Blicke auf sich fühlen. Immer wenn sie sich zu ihm umdrehte, lächelte er sie strahlend an.

Er mag mich auch, dachte sie.

Sie spielten einen kompletten Satz und legten erst eine Pause ein, als Mary ein Tablett mit Cola und Eistee herausbrachte. Als sie schließlich ihr Spiel beendeten, stand die Sonne bereits tief am Horizont.

»Wie wär's mit einer Runde im Pool?«, fragte Brian Ashley und gab ihr ein Handtuch, um sich den Schweiß von der Stirn zu wischen.

»Also ...« Sie drehte sich zögernd zu Ross um. Sein Blick war alles andere als freundlich.

Er hat offensichtlich gemerkt, dass es zwischen Brian und mir gefunkt hat, dachte sie erschrocken.

Brian hatte sich seine Gefühle tatsächlich ziemlich

deutlich anmerken lassen, indem er den ganzen Nachmittag ausschließlich mit Ashley geredet, sie bewundernd angestarrt und angegrinst hatte.

Bitte, Ross, dachte Ashley, und blickte ihn beschwörend an. Bitte raste jetzt nicht aus. Bitte mach dich nicht lächerlich. Bitte bring mich nicht vor Brian und Sharon in Verlegenheit.

»Ich würde sehr gern ein andermal zum Schwimmen kommen«, sagte sie. »Heute lieber nicht. Es wird schon spät.«

»Okay. Wie wär's mit morgen?«, schlug Brian eifrig vor.

Ashley sah die Wut, die sich auf Ross' Gesicht ausbreitete.

Ich habe seine ständige Eifersucht, seine Besitz ergreifende Art so satt, dachte sie. Restlos satt! »Das wäre super«, sagte sie zu Brian, ohne Ross anzusehen.

»Eine Sache wollte ich dir noch zeigen«, meinte Brian, während er Ashley wieder den Tennisschläger in die Hand drückte. »Wegen deines Aufschlags. Es ist mir vorhin beim Spielen aufgefallen.«

Er trat hinter sie, schlang seine Arme um sie und griff nach ihrem Hangelenk. »Also, wenn du mit dem Schläger ausholst ...«

Sie merkte sofort, dass Brian nur nach einem Vorwand suchte, um seine Arme um sie zu legen. Ein ziemlich plumper Trick, dachte sie.

Aber irgendwie süß.

Ross schien nicht der Meinung zu sein. Ashley blickte auf und sah ihn seinen Schläger ärgerlich auf den Boden pfeffern. »Bye, Ashley«, knurrte er zwischen zusammengebissenen Zähnen.

»Hey, Ross ...«

Aber Ross hatte schon kehrtgemacht und joggte auf das Haus zu.

»Ross, komm zurück!« Sie löste sich aus Brians Umarmung und lief ein paar Schritte hinter Ross her. »Nun komm schon! Brian wollte mir doch nur zeigen …«

Ross verschwand um die Seite des Hauses.

»Ach, dann geh doch«, murmelte sie genervt.

»Hey, was ist das Problem?« Brian legte ihr eine Hand auf die Schulter. »Ich wollte wirklich nicht …«

Sie seufzte. »Er ist unmöglich. Ehrlich.«

»Bei dem brennen aber leicht die Sicherungen durch«, meinte Sharon unvermittelt, während sie Mary beim Einsammeln der Gläser half.

»Dann soll er doch abhauen«, erwiderte Ashley nur.

Das war nun wirklich das Letzte. Ross hatte kein Recht, einfach davonzustürmen – und schon gar nicht, sie so vor Sharon und Brian in Verlegenheit zu bringen. Absolut kein Recht. Ich bin mit ihm fertig, dachte sie. Und diesmal ist es mein voller Ernst. Sie lächelte Brian an. »Wie wär's jetzt mit schwimmen?«

7. Kapitel

An diesem Abend hörte Ashley nichts von Ross.

Am nächsten Nachmittag bummelte sie durch die Stadt, auf der Suche nach einem neuen Badeanzug. Sie fand nichts, was ihr gefiel. Die wirklich schicken Sachen waren alle ausverkauft, weil die Sommersaison zu Ende ging. Sie wollte gerade die Straße überqueren, um in dem Bücherladen auf der anderen Seite zu stöbern, als plötzlich eine Hand nach ihrer Schulter griff.

»Ross!«

Seine Miene war angespannt, seine Augen blickten sie flehend an. »Ich möchte mit dir reden.«

»Nein!«, rief sie und wand sich aus seinem Griff. Sie machte Anstalten, über die Straße zu laufen, musste jedoch stehen bleiben, weil der Autoverkehr sehr lebhaft war.

»Komm zurück!«, befahl Ross.

Auf dem Bürgersteig herrschte ebenfalls Gedränge. Es war kein richtiges Strandwetter, also waren die Leute in die Stadt geströmt, um einzukaufen und sich Schaufenster anzusehen.

»Geh weg, Ross. Es ist mein voller Ernst«, sagte Ashley kalt.

»Ich möchte mich entschuldigen«, murmelte er und griff erneut nach ihrem Arm.

»Tut mir Leid«, erwiderte sie hitzig und gleichzeitig verlegen, weil sie die neugierigen Blicke der Passanten auf sich spürte. »Ich will es wirklich nicht hören.«

»Aber ich will mich bei dir entschuldigen!«, sagte Ross jetzt fast weinerlich.

»Geh weg, Ross«, wiederholte sie aufgebracht.

»Aber, Ashley ...«

Plötzlich baute sich eine massige Gestalt vor ihnen auf. »Lass sie los, Mann«, knurrte Denny. Er hob seine großen Pranken und schubste Ross in den Rinnstein.

»Hey, was fällt dir ein ...« rief Ross, rot vor Zorn.

»Das Mädchen will nicht mit dir reden, Mann«, erwiderte Denny drohend und versetzte Ross einen noch härteren Stoß gegen die Brust.

»Fass mich nicht an, verdammt!«, rief Ross wütend, während er mit beiden Fäusten auf Dennys Arme eindrosch. Trotz seiner Wut war sein Gesicht von Angst erfüllt. Denny war größer. Und kräftiger. Und bösartiger.

»Ich habe dich gewarnt«, zischte Denny.

»Denny, hör auf. Bitte!«, schrie Ashley, als Denny seine gewaltige Faust hob. »Denny, was tust du?«

Als Ashley sich an diesem Abend zum Schlafengehen fertig machte, rief Ross an. Sie scheuchte ihren Bruder aus dem Zimmer und setzte sich auf die Bettkante, das schnurlose Telefon im Schoß, während sie überlegte, wie sie mit Ross reden sollte.

Sie fühlte sich elend wegen des Vorfalls am Nachmittag, als Denny Ross verprügelt hatte und dann in der Menge untergetaucht war. Trotzdem, das änderte nichts an ihrer Entscheidung, was Ross betraf.

Den ganzen Nachmittag war sie allein am Strand entlanggeschlendert. Sie war zum Strandhaus gegangen und wieder zurück, hatte hinaus auf das wilde, unruhige Meer gestarrt und die Seemöwen beobachtet, die mit heiseren Schreien in die Wellen tauchten und sich dann auf der Oberfläche treiben ließen, so friedlich und ungestört.

Den ganzen Nachmittag hatte sie über Ross nachgedacht.

Und sie hatte entschieden, dass sie nicht wieder mit ihm gehen würde.

Ross glaubte, sie wäre sein Eigentum.

Und er hatte kein Recht, so zu denken.

Ashley wusste, dass Ross nicht aufgeben, nicht aufhören würde, sie zu bedrängen.

Aber sie hatte beschlossen, seine Entschuldigung

nicht anzunehmen. Ihm nicht noch einmal zu verzeihen. Diesmal war endgültig Schluss. Aus und vorbei.

Das Problem bestand darin, es Ross irgendwie beizubringen.

Ashleys Herz raste, als sie sich räusperte und das Telefon ans Ohr hob. »Wie fühlst du dich?«, fragte sie.

»Schon besser«, antwortete Ross. »Ich hab noch ein paar Schrammen und blaue Flecken. Dieser Denny ist ein Tier.«

»Ja, ich weiß«, sagte sie ohne Wärme.

»Hör mal, wegen heute Nachmittag …« begann er.

Sie unterbrach ihn. »Was ich heute Nachmittag gesagt habe, war mein Ernst.«

»Hä? Was soll das denn heißen?«

»Es heißt, dass ich von dir keine Entschuldigungen mehr akzeptiere.«

»Und was soll das nun wieder heißen?«

»Das heißt, dass ich nicht wieder mit dir ausgehe. Es ist aus zwischen uns, endgültig.«

»Aber, Ashley …«

»Good-bye, Ross. Ich wünsche dir noch einen schönen Sommer.«

Sie hasste den Klang ihrer Stimme, so kalt, so herzlos und gleichgültig.

Aber Ross hatte es ja so gewollt. Er hatte ihr zu Beginn des Sommers versprochen, er würde sich nicht mehr wie ein eifersüchtiger Idiot aufführen.

»Du hast dein Versprechen gebrochen, Ross«, sagte sie mit bebender Stimme. Ashley unterdrückte einen Schluchzer, der ihr die Brust zu sprengen drohte.

Sie mochte Ross schließlich immer noch.

»Hey, ich schwöre dir, es wird nicht wieder passieren. Ich hab nur die Wut gekriegt. Du weißt schon. Ich werde nie wieder …«

»Bye, Ross.«

Ashley zwang sich, das Telefon auszuschalten.

Dann saß sie unbeweglich da und starrte eine Weile blicklos vor sich hin, während sie darauf wartete, dass ihr Herz zu hämmern aufhörte, ihr Atem sich wieder beruhigte.

Schließlich hob sie das Telefon auf und wollte es gerade wieder auf ihren Nachttisch stellen, als es klingelte. Sie war so erschrocken, dass sie es beinahe hätte fallen lassen.

Das ist Ross wieder, dachte sie ärgerlich.

Unglaublich, wie stur der Kerl ist.

Warum kann er nicht einsehen, dass ich es diesmal wirklich so meine, dass es mein voller Ernst ist?

»Hallo?«

Die Stimme an ihrem Ohr war nicht die von Ross.

Es war ein heiseres, trockenes, kehliges Flüstern.

»Ist da Ashley?«

»Ja?« Wer kann das denn sein? überlegte sie. Wen kenne ich, der eine so seltsam heisere Stimme hat?

»Bleib von Brian weg.«

»Was?«, rief sie verwirrt. »Ich kann dich nicht richtig hören. Kannst du nicht etwas lauter sprechen? Wer ist denn da überhaupt?«

»Halte dich von Brian fern«, wiederholte die dumpfe Raspelstimme. »Oder du wirst sterben.«

»Was? Das soll ein Jux sein, oder?«

Ashley wollte glauben, dass es nur ein Scherz war, aber die Stimme klang so ernst, so merkwürdig, so kratzig in ihren Ohren.

Ein kalter Schauder rieselte ihr den Rücken hinunter.

»Hör mal, Ross, das ist nicht witzig«, sagte Ashley verärgert. »Es ist ganz einfach kindisch.«

»Es ist nicht kindisch. Es ist wahr«, raunte die Stimme. »Ich bin schon tot. Du wirst es auch sein.«

Ashley bildete sich plötzlich ein, die Stimme zu erkennen. »Sharon?«

»Bist du das, Sharon?«

Stille.

»Sharon, warum tust du das? Ich dachte, du wärst Brians Kusine. Ich ...«

»Ich bin nicht Sharon. Ich bin tot. Und ich warne dich. Du bekommst nur eine Warnung. Bleib von Brian weg. Sonst wirst du sterben müssen – so wie ich sterben musste.«

Die Leitung war plötzlich tot.

Ashley schaltete das Telefon ab und ließ es auf den Nachttisch fallen. Sie merkte erst jetzt, dass sie am ganzen Körper zitterte.

Diese Stimme, dachte sie. Diese gespenstische Stimme.

So leer. So vollkommen leer und tonlos.

Sie klang tatsächlich tot.

Ashley lehnte ihren Kopf an Brians Schulter, als sie aus dem Kino kamen. »Also, ich fand den Film witzig«, beharrte sie.

»Ich weiß«, erwiderte Brian und verdrehte die Augen. »Du bist die Einzige gewesen, die gelacht hat.«

»Es war dir doch nicht peinlich, oder?«, wollte sie wissen. »Ich kann nun mal nichts dafür. Chevy Chase bringt mich einfach zum Lachen.«

»Du hast es wirklich zum Schreien gefunden, als er von der Leiter fiel, was?« Er schüttelte den Kopf. »Dabei war er es noch nicht mal selbst. Es war ein Stuntman.«

»Na und?«, meinte sie. »Es war komisch.«

Das alte Kino stand ziemlich außerhalb am Rand der Stadt. Jenseits der hell erleuchteten Fassade war die Straße dunkel. Fast alle Läden und Restaurants hatten schon geschlossen. Einige Pärchen schlenderten langsam die Main Street hinauf, guckten in Schaufenster und genossen die kühle Nachtluft, die nach Meer roch.

»Wollen wir noch ein Stück laufen?«, fragte Brian.

»Klar«, erwiderte Ashley lächelnd.

Sie überquerten die Straße. Heute ist unser drittes Date, dachte sie. Sie fing langsam an, sich locker und ungezwungen in Brians Nähe zu fühlen.

Zu Anfang war es gar nicht so leicht gewesen. Sie hatte ihn überraschend schüchtern gefunden. Und es war fast unmöglich, ihn zum Lächeln zu bringen, geschweige denn zum Lachen.

Aber sie hatte entdeckt, dass er intelligent war und die Dinge mit einer Ernsthaftigkeit betrachtete, die sie bewunderte.

»Woran denkst du?«, wollte er wissen.

»An Chevy Chase«, sagte sie und prustete wieder los.

»Wirst du jetzt den ganzen Abend so lachen?«

»Wahrscheinlich.«

»Guck dir die beiden Hunde an«, sagte Brian grinsend.

Zwei räudige Mischlingshunde trotteten nebeneinander den Bürgersteig entlang und blieben dann wie auf Kommando stehen, um Seite an Seite in ein Schaufenster zu spähen. Sie sahen wie zwei menschliche Schaufensterbummler aus, die einen kleinen Spaziergang unternehmen. Dann liefen sie weiter. Amy blickte ihnen lächelnd nach, bis sie um die Ecke bei der örtlichen Sparkasse trabten und aus ihrem Blickfeld verschwanden. Als sie zu der Straßenecke hinüberschaute, fiel ihr auf, dass dort jemand stand, verborgen im Schatten des Eingangs.

Er war da, starrte zu ihr herüber, beobachtete sie aus der Sicherheit der Finsternis heraus.

Und dann huschte er davon in die Dunkelheit und war verschwunden.

Ross, dachte Ashley.

Ich habe dich gesehen, Ross.

Wie albern. Wie kindisch.

Folgte er ihr bei ihren Verabredungen? Spionierte er hinter ihr her?

Schon die ganze Woche hatte Ashley das Gefühl gehabt, jemand beobachtete sie. Sie fühlte ein seltsames Prickeln im Nacken, wenn sie in die Stadt ging, wenn sie am Strand in der Sonne lag, wenn sie aus dem Haus ging, um Brian zu treffen.

Aber jedes Mal, wenn sie sich umgedreht und versucht hatte, herauszufinden, wer es war, war niemand zu sehen gewesen. Sie hatte das unbehagliche Gefühl verächtlich abgetan und es auf schleichenden Verfolgungswahn geschoben.

Aber sie wurde nicht verrückt. Es hatte ihr tatsächlich jemand nachspioniert.

Ross. Das große Baby.

Ashley hätte am liebsten laut hinter ihm hergebrüllt, seinen Namen gerufen, um ihn in Verlegenheit zu bringen.

Aber die Straße lag jetzt verlassen da. Ross war entwischt.

Wird er mir nun ewig hinterher schnüffeln?, dachte Ashley mit wachsendem Zorn.

Und dann fragte sie sich, ob Ross hinter diesem unheimlichen Anruf steckte. Möglich war es schon. Wenn er kindisch genug ist, mir bei meinen Verabredungen nachzuschleichen, dann ist er auch kindisch genug, um einen solchen Anruf zu machen, schloss sie.

Was für ein lächerlicher, dämlicher Streich.

Trotzdem war Ashley der Anruf seitdem nicht mehr aus dem Kopf gegangen. Wieder und wieder hatte sie die heisere, trockene Stimme gehört. Die Stimme der Toten. Die ihr drohte. Sie warnte.

Aber ich glaube, jetzt kann ich die Sache getrost vergessen, dachte sie, und sie drückte Brians Hand, als sie die dunkle Straße überquerten. Als sie Ross dort drüben im Eingang hatte herumlungern sehen, war ihr klar geworden, dass er der Anrufer gewesen sein musste. Es konnte gar nicht anders sein.

Was für ein bemitleidenswerter, verzweifelter Versuch, sie dazu zu kriegen, nicht mehr mit Brian auszugehen!

Nachdem sie das Geheimnis des Anrufs jetzt gelöst hatte, konnte sie den Vorfall aus ihrem Gedächtnis streichen.

Diese Gedanken gingen Ashley im Kopf herum, während sie Hand in Hand mit Brian weiterschlenderte. Sie achtete nicht darauf, wohin sie gingen, bis sie plötzlich zwischen den Dünen herauskamen. Vor ihnen dehnte sich der Strand verlassen und still aus, schimmerte perlmuttfarben unter einem hellen Vollmond.

»Alles in Ordung mit dir?«, fragte Brian auf einmal besorgt. »Du bist so ruhig.«

»Nein, nein, alles okay«, protestierte Ashley. »Ich … ich dachte nur, ich hätte vorhin in der Stadt jemanden gesehen.«

»Wen denn?« Er blickte ihr intensiv in die Augen, als suchte er dort die Antwort auf seine Frage.

»Ross«, erklärte Ashley. »Ich glaube, er hat mich verfolgt oder so.«

»Das ist irgendwie traurig«, meinte Brian mitfühlend. »Findest du nicht?«

Sie nickte. »Ja. Und albern.«

»Hast du mit ihm gesprochen, seit …«

»Nein«, erwiderte sie und blickte aufs Wasser hinaus. »Ich habe seit Tagen nicht mehr mit ihm geredet. Ich will es auch nicht.«

Schwarze Wellen bäumten sich auf und brachen sich donnernd am Strand. Was für eine herrlich klare Nacht, dachte Ashley. Es müssen mindestens eine Million Sterne am Himmel sein. Sie wollte nicht über Ross nachdenken. Sie wollte das Zusammensein mit Brian genießen, die dunkle Schönheit des Strandes, den magischen Nachthimmel, der sich wie ein riesiges Zeltdach über ihr spannte.

Plötzlich drehte Brian Ashleys Gesicht zu sich herum und küsste sie.

Glücklich schloss sie die Augen und erwiderte seinen Kuss.

Als sie sich von ihm löste, klammerte er sich förmlich an sie und küsste sie noch einmal.

Das hat er noch nie getan, dachte Ashley und küsste ihn wieder, diesmal mit weit offenen Augen.

Er scheint so … so bedürftig zu sein. Sie musste sich mit sanfter Gewalt aus seiner Umarmung freimachen.

Brian wirkte enttäuscht. Das Licht des Vollmonds fiel in seine dunken Augen und Ashley sah plötzlich Erregung in ihnen aufblitzen. »Ich möchte … dir etwas zeigen«, sagte er atemlos.

Sie trat noch einen Schritt zurück, um Brian deutlicher zu sehen. So aufgekratzt wie jetzt hatte sie ihn noch nie erlebt. Was war auf einmal mit ihm los?

»Es ist etwas ganz Besonderes«, fuhr er fort. »Ein Geheimnis.«

Sie starrte ihn verwirrt an, versuchte zu erraten, worüber er redete. »Ein Geheimnis? Was ist es denn, Brian?«

Er atmete schwer, fast keuchend. »Niemand sonst weiß davon«, erklärte er beschwörend. »Ich habe nie jemandem richtig vertraut. Ich meine, ich habe noch keinem Menschen genügend vertrauen können, um es ihm zu zeigen, aber ...«

»Mann, du machst mich wahnsinnig«, protestierte Ashley. »Wovon redest du eigentlich?«

Brian hatte sich so in Erregung gesteigert, dass er sie nicht zu hören schien. »Kann ich dir etwas sagen?«, fragte er eifrig und beugte sich weit vor, bis sein Gesicht ganz dicht vor Ashleys war.

»Ja, sicher«, meinte sie unbehaglich.

Er zögerte einen Moment, bevor er herausplatzte: »Ich habe noch nie zuvor eine Freundin gehabt. Echt nicht. Ich bin sechzehn und hatte noch nie eine Freundin. Ich meine, du bist die Erste, zu der ich eine richtige Beziehung aufbauen könnte. Die anderen Mädchen haben mich nicht verstanden. Aber du bist anders, Ashley. Ganz anders.«

Hoppla!, dachte Ashley. Jetzt wird er ein bisschen reichlich ernst für meinen Geschmack.

Was hat Brian vor? Will er mir einen Heiratsantrag machen?

Warum erzählt er mir das alles? Und warum keucht er so?

Was will er?

Sie ließ ihren Blick betont beiläufig über den Strand schweifen. Keine Menschenseele zu sehen. »Was willst du mir denn zeigen?«, fragte sie und versuchte, die Angst aus ihrer Stimme herauszuhalten.

»Etwas Aufregendes, was ich entdeckt habe«, antwortete Brian. »In dem Strandhaus.« Er zeigte auf die dunkle Silhouette am Ende des Strandes.

»Im Strandhaus?«, Ashley schnappte nach Luft. »Du willst mich zu dem Strandhaus bringen?«

»Ja«, sagte Brian mit verschwörerischem Lächeln. Er nahm ihre beiden Hände und versuchte, sie in die Richtung zu ziehen.

Sie sträubte sich. »Was ist denn in dem Haus?«

»Komm mit«, drängte er. »Ich zeige es dir. Es ist mein Geheimnis. Sensationell, sage ich dir. Du wirst es nicht bereuen. Ehrlich nicht.«

Bereuen.

Eine Woge von Furcht schlug über ihr zusammen.

Du wirst es nicht bereuen.

Sie dachte an Kip und Lucy in dem Strandhaus. An Lucys Tuch, das sie in dem Schrank gefunden hatte.

Sie dachte an Kips Stories über das Haus. Stories über Morde, die dort angeblich vor über dreißig Jahren geschehen waren.

»Komm schon«, drängte Brian und versuchte, sie mit sich zu ziehen. »Komm mit!«

Widerstrebend folgte Ashley ihm, und sie fühlte, wie sich ihre Kehle vor Angst zusammenschnürte und ihr Herz zu hämmern begann.

Und jetzt standen sie direkt unterhalb der Veranda und starrten zu dem alten Haus hinauf. Das Strandhaus, so dunkel, so verlassen, so kalt.

Warum wollte er sie unbedingt hierher bringen?

Und was war Brians Geheimnis?

8. Kapitel

Sommer 1956

»Ich fühle mich einfach so mies«, gestand Buddy, als sie über den Sand zum Strandhaus trotteten. »Du weißt schon, wegen Stuart und Maria. Es ist einfach schrecklich. Zwei Leute, die ich kannte.« In seiner Stimme schwang Erschütterung mit.

Amy legte mitfühlend eine Hand auf seine Schulter, und sie gingen eine Weile schweigend weiter. Der Abendhimmel verdunkelte sich, nahm eine kohlschwarze Färbung an. Vereinzelte kalte Regentropfen schlugen Amy ins Gesicht. Es wird gleich ein Gewitter geben, dachte sie, Ich hätte wahrscheinlich nicht mit Buddy mitgehen sollen. Aber der arme Kerl sah so einsam und verloren aus.

Sie dachte an Ronnie und die vielen Gäste, die seine Eltern zum Barbecue eingeladen hatten. Sie werden die Grillfete ins Haus verlagern müssen, überlegte sie, als sie immer mehr kalte Regentropfen fühlte.

Die Silhouette des Strandhauses ragte düster vor ihnen auf. Na schön, dachte Amy. Zumindest können Buddy und ich dort das Unwetter abwarten. Sie überlegte, ob es ein Telefon im Haus gab, damit sie ihre Eltern anrufen und ihnen sagen konnte, wo sie war.

»Denkst du auch immer an sie?«, wollte Buddy wissen.

»Ich denke viel an Maria«, gestand sie. »Aber weißt du, was ich manchmal tue? Ich zwinge mich, an andere Dinge zu denken.«

»Ja?« Er klang überrascht.

»Ja. Ich verdränge Maria einfach aus meinen Gedanken. Sonst würde ich vor Traurigkeit durchdrehen«, sagte Amy. »Der Sommer ist ruiniert. Es ist der schlimmste Sommer meines Lebens«, fuhr sie fort. »Aber wir müssen irgendwie weitermachen, nicht? Ich meine, welche Wahl haben wir denn?«

»Ja, wahrscheinlich hast du Recht«, sagte er nachdenklich.

»Ich denke oft an diesen Song, den Jane Froman jede Woche im Fernsehen singt. ›Verlier nicht den Mut, wenn es mal ganz schlimm kommt‹. Ich weiß, es ist blöde und absolut kitschig, aber es hilft mir. Wirklich.«

»Ich sehe nicht viel fern«, meinte er ruhig.

»Hast du Elvis Presley gestern Abend im Fernsehen gesehen?«, wollte Amy wissen.

»Wen?«

»Elvis Presley. Er ist ein neuer Rock'n'Roll-Sänger. Er war gestern Abend in der Show. Und als er auf die Bühne kam, haben alle Mädchen im Publikum gekreischt und gejubelt. Hast du ihn nicht gesehen?«

»Nein«, sagte er düster. »Elvis Presley? Ein dämlicher Name, finde ich. Ist er gut?«

»Er ist irre!«, schwärmte Amy. »Einfach irre.«

Buddy grinste, und seine dunklen Augen blitzten amüsiert.

Wenigstens heitere ich ihn ein bisschen auf, dachte sie. Sie fröstelte. Der Regen wurde jetzt stärker, prasselte gleichmäßig auf den Sand herab.

»Können wir nicht reingehen, Buddy? Wenn wir noch lange hier stehen, werden wir klitschnass.« Sie zeigte auf das Haus.

Er zuckte die Achseln. »Ich mag's irgendwie, wenn es regnet. Es ist erfrischend, findest du nicht?«

»Ich möchte lieber ins Haus gehen«, drängte Amy. »Ich habe keine Lust, mir eine Erkältung holen.«

»Hmmm ...« Buddy wirkte ausgesprochen widerwillig.

»Wenn du dir Gedanken wegen deiner Eltern machst oder so ...« meinte sie und blickte zu dem Haus hinauf, das dunkel und leer schien.

»Meine Mom ist nicht da«, erklärte er hastig. »Sie musste, äh, wegfahren.« Er schien seine Meinung zu ändern. »Okay, dann lass uns reingehen. Ich will nicht, dass du dich erkältest.«

Amy folgte ihm die Stufen hinauf und zu der Glastür. Sie traten ins Haus und schoben die Tür hinter sich zu. Im Innern war es warm, aber es dauerte eine Weile, bis Amy zu zittern aufhörte.

»Meine Haare sind ganz nass. Ich sehe bestimmt wie Annie, das Waisenkind, aus«, sagte sie und strich ihre kurzen Locken zurück.

»Nein, überhaupt nicht.« Buddy lächelte sie an. »Du siehst wie Marilyn Monroe aus.«

Amy lachte. »Na klar.«

Sie begann, im Wohnzimmer herumzugehen und sich die Möbel anzusehen. »Ich finde alles toll hier«, sagte sie und zeigte auf die Couch mit dem Vinylbezug. »Es ist alles so modern.«

»Ja, kann schon sein«, meinte Buddy immer noch leicht amüsiert.

»Hey, und der Fernseher«, schwärmte Amy. »Was für ein großer Bildschirm. Habt ihr hier draußen einen guten Empfang? Wir kriegen nur einen Sender rein. Und ich muss ständig die Zimmerantenne hin- und herdrehen, um ein vernünftiges Bild zu bekommen.«

»Ich weiß es wirklich nicht«, erwiderte er, während sein Lächeln langsam verblasste. Er trat an die Glasschiebetür und starrte in den Regen hinaus.

Er wird unruhig, dachte Amy. Vielleicht quassele

ich ihm zu viel. Vielleicht langweile ich ihn auch. Er wünscht sich wahrscheinlich, er hätte mich nicht hierher gebracht.

Aber ich versuche doch nur, ihn aufzuheitern.

Was soll ich denn tun?

»Ist es okay, wenn ich mir den Rest des Hauses ansehe?«, fragte sie und strebte zum Flur. »Ich erforsche so gerne anderer Leute Häuser.«

Buddy gab keine Antwort, also machte Amy einen kurzen Rundgang durch die übrigen Zimmer. Zu ihrer Verblüffung war der Rest des Hauses kaum möbliert. Tatsächlich sah es nicht so aus, als hätte überhaupt schon mal jemand hier gewohnt.

»Hey, Buddy, dieser Wandschrank ist ja enorm!«, rief sie aus dem Schlafzimmerschrank. »Ich kann noch nicht mal die Rückwand sehen. Buddy!«

Eine Hand grub sich hart in ihre Schulter.

»Buddy?«

Mit erschreckender Kraft zerrte er Amy aus dem Schrank heraus.

»Hey …«, rief sie verdattert.

»Es ist besser, du gehst da nicht rein«, warnte er sie streng, während er intensiv in ihre Augen starrte.

»Oh. Okay«, sagte Amy. Sie rieb sich die Schulter, als sie das Zimmer verließen. »Entschuldige. Ich finde dieses Haus wirklich schick.«

»Ja, ja, schick«, murmelte er dicht hinter ihr, während sie zurück ins Wohnzimmer gingen.

Amy spähte durch die Glastür. Der Himmel war so schwarz wie die Nacht, aber der Regen war jetzt nur noch ein leichtes Nieseln. Unter dem Haus sandten die Wellen ein unaufhörliches Tosen herauf.

»Man kommt sich vor wie auf einem Schiff«, sagte sie. »Das Haus ist wirklich prima.«

»Ja. Du bist auch prima«, meinte Buddy, und seine Miene wurde missmutig.

Amy kicherte nervös. »Jetzt machst du dich über mich lustig, Buddy. Warum ziehst du mich auf?«

»Nein, ich meine es wirklich so«, erwiderte er, die Hände in die Hüften gestützt, während er sie aus schmalen Augen anstarrte. »Du bist prima, Amy. Du bist Klasse. Du bist echt Klasse.«

Ein kaltes Prickeln lief Amy den Rücken herab.

Irgendwas stimmte nicht. Mit Buddy stimmte irgendwas nicht. Mit dem Ausdruck auf seinem Gesicht. Mit der Art, wie er mit ihr redete.

Es behagte ihr nicht. Ganz und gar nicht. Buddy machte ihr jetzt Angst. Er versuchte absichtlich, ihr Angst einzujagen.

»Ich gehe jetzt nach Hause«, sagte Amy und blickte ihn fest an. »Meine Eltern werden sich schon Sorgen machen. Sie erwarten mich zum Essen.«

»Aber du bist weg«, erwiderte Buddy. »Du bist wirklich weg, Amy.

»Buddy, bitte …« Sie tastete hinter sich nach dem Türknauf.

»Ronnie ist weg«, sagte er, während er noch einen Schritt auf sie zu machte und sie anstarrte, sein Gesicht ausdruckslos und so kalt wie Metall. »Ronnie ist weg … und jetzt bist du weg.«

»Ronnie ist weg?«, stotterte sie. »Was soll das heißen?«

»Ronnie ist weg«, wiederholte er. »Er hat es nicht mehr nach Hause geschafft. Er ist weg. Und jetzt bist du an der Reihe.«

Als Buddy sich auf sie zu bewegte, schnappte Amy entsetzt nach Luft und mühte sich ab, die Tür aufzuschieben. Vergeblich. Sie bewegte sich nicht.

Blindlings stieß Amy sich von der Tür ab und rannte an Buddy vorbei in die Küche.

»Alle sind weg«, murmelte er. Seine Augen wirkten jetzt glasig, wie die einer Schaufensterpuppe, sein Ausdruck ebenso erstarrt. »Alle sind sie weg, Amy.«

Ich sitze in der Falle, erkannte Amy in panischer Angst. Ich komme hier nicht mehr raus.

»Buddy, was ist los? Was hast du vor?«, schrie Amy alarmiert und wich noch weiter zurück, bis sie mit dem Rücken gegen die Küchenanrichte stieß. Ihr Blick irrte im Raum umher, während sie verzweifelt nach etwas suchte, was sie als Waffe benutzen konnte – irgendetwas – doch die Küche war völlig leer.

Buddy stand in der Tür und blockierte jeden Fluchtweg. Er beobachtete Amy aus zusammengezogenen Augen, genoss ihre Panik.

»Du hast meine Gefühle verletzt«, sagte er ruhig.

»Was?« Sie suchte krampfhaft nach Worten, aber ihr Kopf war auf einmal wie leer gefegt, als hätte ihre Angst alles ausradiert.

Los, denk' nach, befahl sie sich selbst. Lass dir etwas einfallen. Schnell!

Überleg, wie du hier herauskommst. Wie du Buddy beruhigen kannst.

Ihn beruhigen?

Er wirkte völlig ruhig, wie Amy zu ihrem Schrecken erkannte.

Sie war diejenige, die drauf und dran war, aus voller Kehle zu schreien. Buddy stand in der Tür, beobachte sie kühl und gelassen, sprach so leise, dass sie sich anstrengen musste, ihn zu verstehen.

»Du hättest dich nicht über mich lustig machen sollen«, sagte er. Er hob eine Hand, betrachtete einen

Finger, und begann, an einem Niednagel zu pulen, scheinbar völlig konzentriert auf seine Tätigkeit.

»Ach, Buddy, wir haben doch nur Spaß gemacht«, platzte Amy mit einer Stimme heraus, die sie kaum noch als ihre eigene erkannte. »Niemand hat sich etwas Böses dabei gedacht.«

»Ihr habt mich gedemütigt!«, schrie er urplötzlich wütend und ballte beide Hände zu Fäusten. Alle haben über mich gelacht. Warum, Amy? Warum habt ihr das getan?«

Amy gab keine Antwort. Sie blickte ihn nur erschrocken an.

»Maria hat sich auch über mich lustig gemacht«, fuhr er fort. »Und angelogen hat sie mich obendrein. Deshalb ist sie jetzt weg.«

»Hast du ... hast du Maria getötet?«, brachte sie schließlich stotternd hervor, und sie fühlte, wie sie am ganzen Körper zu zittern begann und eine eisige Kälte über ihre Haut kroch.

»Sicher«, meinte Buddy stirnrunzelnd.

»Und Stuart?«

Er nickte. »Und Ronnie. Warum hast du es getan, Amy? Warum musstest du dich über mich lustig machen?«

Sie fühlte sich auf einmal so schwach, zu schwach, um sich auf den Beinen zu halten. Zu schwach, um sich mit Buddy auseinander zu setzen.

»Ich warte auf eine Antwort«, sagte er scharf.

»Buddy ...« Sie keuchte so heftig, dass es ihr fast unmöglich war, irgendwelche Worte auszustoßen.

»Buddy, Leute spielen anderen Leuten nun mal Streiche. Nur so aus Jux. Es ist doch nicht ernst gemeint.

Es bedeutet überhaupt nichts.«

Er antwortete nicht, sondern blickte sie nur starr an.

»Warum hast du sie getötet, Buddy? Wegen irgendwelcher dummen Streiche? Weil sie sich einen kleinen Spaß erlaubt haben? Warum hast du sie umgebracht?«

»Weil es so einfach ist«, erwiderte er, und seine Mundwinkel verzogen sich zu einem merkwürdigen, schiefen Grinsen. »Total einfach.«

»Ist das der Grund?

»Und weil es wirklich nichts ausmacht«, fügte er mit höhnischem Lächeln hinzu.

»Was? Es macht nichts aus?«

Er ist verrückt, erkannte Amy.

Ein geistesgestörter Mörder.

Es spielt keine Rolle, was ich sage. Ich werde ihm keine Vernunft einreden können.

Er hat alle meine Freunde getötet. Aus Rache. Hat sie wegen irgendwelcher läppischen Streiche umgebracht.

Und jetzt wird er mich umbringen.

Wieder irrte ihr Blick in der Küche umher, auf der Suche nach etwas, womit sie sich verteidigen konnte. Aber es gab noch nicht mal einen Kochlöffel. Nichts. Die Anrichte war kahl, ebenso wie die Regale am Fenster.

Das Fenster.

Ob ich es aufreißen und um Hilfe rufen kann?, überlegte Amy.

Wahrscheinlich.

Sie konnte um Hilfe schreien, bis sie blau im Gesicht wäre.

Denn niemand würde sie über das Rauschen der Brandung, das Tosen des Windes hinweg hören.

Es gab sowieso keine Menschenseele im Umkreis von Meilen.

Um Hilfe zu rufen war also sinnlos.

Ich muss ihn weiter in ein Gespräch verwickeln, dachte sie in wachsender Verzweiflung. Ich muss ihn so lange mit reden ablenken, bis ich eine Idee habe, wie ich hier herauskomme.

»Du hast gesagt, es macht nichts, Was meinst du damit?«, fragte sie, während sie Buddy eindringlich in die Augen blickte und herauszufinden versuchte, ob er ihr tatsächlich etwas antun würde. »Wie kannst du Menschen töten, Menschen, die du kennst, und behaupten, es machte nichts?«

»Es macht nichts«, wiederholte Buddy stumpfsinnig, als spräche er mit einer Dreijährigen. »Weil ich hier sowieso nicht wohne.«

»Was? Du wohnst nicht in diesem Strandhaus?«

Er schüttelte den Kopf und kicherte leise. Die Idee kam ihm anscheinend lustig vor. »Niemand wohnt in diesem Haus«, sagte er geheimnisvoll.

Wie komme ich hier raus?, fragte Amy sich, versuchte verzweifelt, einen klaren Gedanken zu fassen und den Nebel der Angst aus ihrem Kopf zu verdrängen, damit sie einen Plan schmieden konnte.

Los, denk nach! Schnell!

Buddy trat einen Schritt in die Küche. Seine Hände waren zu Fäusten geballt.

»Wenn du hier nicht wohnst, wo wohnst du dann?«, wollte Amy wissen.

Halte ihn hin. Rede mit ihm. Lenk ihn ab! Es ist deine einzige Chance.

Ach, Amy, du bist so dumm gewesen, schimpfte sie im Stillen mit sich selbst. Du warst direkt an der Tür. Du warst so nahe daran, ihm zu entkommen.

Warum bist du in die Küche gerannt? Warum bist du in einen Raum geflohen, der keinen Ausgang hat?

»Wo wohnst du wirklich?«, wiederholte sie. Ihre Stimme klang hoch und schrill, enthüllte ihre panische Angst.

Buddy gab keine Antwort.

Sprich weiter, Buddy, flehte Amy stumm. Bitte sprich weiter.

»Nein, wirklich«, meinte sie. »Sag es mir. Wenn du hier nicht wohnst, wo dann?«

»Hier wohnt niemand«, erwiderte Buddy in einem brüsken, erschreckenden Ton. »Hier sterben sie alle.«

Er machte noch zwei Schritte auf sie zu.

Er hatte die Küche schon halb durchquert.

Ich muss versuchen, ihn auszutricksen, dachte Amy. Ich habe nicht mehr viel Zeit.

Ihr fiel nur der älteste Trick der Welt ein.

Plötzlich schaute sie über Buddys Schulter hinweg, starrte in das angrenzende Zimmer und stieß einen überraschten Schrei aus.

»Ronnie! Du lebst! Ist alles okay?«

Verblüfft fuhr Buddy zur Tür herum.

Und in dem Moment stieß Amy sich von der Anrichte ab und raste zur Tür, so schnell sie konnte.

Amy prallte hart gegen Buddy, als sie an ihm vorbeilief.

Er schrie auf, mehr vor Überraschung als vor Schmerz.

Sie kam ins Stolpern, rappelte sich wieder auf und rannte zur Tür hinaus.

Buddy zögerte nur eine Sekunde, bevor er hinterherlief.

Amy erreichte die Glastür und zog mit beiden

Händen verzweifelt an dem Griff. Sie keuchte so heftig, dass ihre Brust schmerzte.

Sie konnte das Blut in ihren Schläfen pulsieren fühlen.

Die Tür leistete Widerstand. Amy zog noch einmal, zerrte mit aller Kraft an dem Griff, und die Tür glitt auf.

Und dann war sie auf der Veranda, deren Bretter schlüpfrig vom Regen waren.

Ich bin draußen!, jubelte sie innerlich. Ich bin draußen!

Aber sie hatte keine Zeit, ihre Flucht zu feiern. Buddy war direkt hinter ihr. Sie hörte seine Turnschuhe über die hölzerne Plattform poltern, als sie die Treppe hinunterstürzte, den Sand erreichte und davonrannte.

Wo war Buddy?

Unmittelbar hinter ihr? Holte er sie ein?

Ihre Brust war kurz davor, vor Schmerz zu explodieren, ihre Beine fühlten sich schwer an, so schrecklich bleiern, dass sie sie zu jedem Schritt förmlich zwingen musste. Amy spähte zurück.

Sah Buddy nach der Schaufel mit dem langen Stiel greifen, die an der Hauswand lehnte.

Sah ihn die Schaufel mit einer Hand schwenken, als er ihr nachrannte, seine Augen wild vor Wut, sein Mund geöffnet in einem stummen Schrei.

»Hilfe! Um Gottes willen, Hilfe!«, schrie Amy aus Leibeskräften.

Ihre Worte schienen geradewegs zur ihr zurückzufliegen, zurückgeworfen von dem stürmischen Wind.

Sie rannte über den nassen Sand, und ihre Sandalen warfen im Laufen dicke Sandklumpen auf.

Buddy kam näher.

Lauf weiter, lauf weiter!

»Hilfe! Hilfe!«

Aber der Strand war verlassen. Niemand zu sehen. Noch nicht einmal eine Seemöwe war da, um das verzweifelte Wettrennen zu beobachten, Amys Schreie zu hören.

Weiter, weiter! Kalter, nasser Sand knirschte unter ihren Sandalen. Der Ozean schäumte zu ihrer Rechten. Die leeren Dünen erhoben sich zu ihrer Linken.

Es war niemand da. Keine Menschenseele in der Nähe.

Der Regen setzte wieder ein.

Und Buddy holte auf. Sie konnte seinen Atem hinter sich hören, ein lautes, rhythmisches Keuchen. Sie konnte seine Turnschuhe über den Sand stampfen hören,

Ihre Brust war kurz vorm Zerspringen. Amy wusste, ihre Brust würde zerbersten. Sie tat so weh. Alles tat ihr weh.

Lauf weiter, los, lauf weiter!

Es muss doch irgend jemand in der Nähe sein, dachte sie. Jemand, der einen Strandspaziergang macht.

Jemand, der Buddy aufhalten kann.

Jemand, der mich vor ihm retten kann.

Sein Keuchen wurde lauter, kam noch näher.

Amy keuchte jetzt ebenfalls. Tränen strömten über ihre Wangen, und sie rang mühsam nach Luft.

Und der Wind peitschte ihr kalten Regen ins Gesicht.

Sie beugte sich im Laufen weit vor, blinzelte in den Regen.

Buddy war ihr jetzt dicht auf den Fersen.

Und kam mit jeder Sekunde näher. Noch näher.

Amy schrie entsetzt auf, als sie stolperte und hart auf Ellenbogen und Knien im Sand landete.

Sie blickte hoch und sah Buddy die Schaufel mit beiden Händen in die Luft schwingen.

Mit einem wilden, bösartigen Laut ließ er das schwere Schaufelblatt auf ihren Kopf niedersausen.

Dunkelheit hüllte Amy ein, schwärzer und undurchdringlicher als jede Finsternis, die sie je gesehen hatte. Der Schmerz ließ nicht nach, als sie schließlich die Augen öffnete.

In ihrem Hinterkopf pochte es. Der vibrierende, grelle Schmerz lief ihren Nacken hinunter und den ganzen Weg über ihr Rückgrat hinab. Schwindelig vor Schmerz schloss Amy wieder die Augen.

Das Gefühl des Wassers brachte sie zurück.

Der kalte Schock des Wassers.

Sie riss die Augen auf, als ihr klar wurde, dass sie bis zur Taille im Meer stand.

Die grünlichen Wellen schwappten auf sie zu, schubsten sie, leckten an ihr hoch und wichen dann zurück, um gleich darauf wieder auf sie zuzuspringen.

Erst als sie zu schwimmen versuchte, begriff sie, dass ihre Hände hinter dem Rücken gefesselt waren. Sie drehte sich mühsam um und entdeckte, dass sie mit einem dicken Tau an eine Art Holzpfosten gebunden waren.

Amy versuchte zu schreien, doch wieder rollten die Wellen heran, und sie schluckte einen Mund voll Wasser. Hustend und keuchend versuchte sie wieder zu Atem zu kommen und den widerlichen Salzgeschmack auszuspucken.

Der Schmerz hörte nicht auf, in ihrem Kopf schienen tausend Glocken zu schrillen. Aber sie war jetzt wach. Hellwach und im Alarmzustand.

Und sie wusste, wo sie war.

Amy wusste, dass sie sich unter dem Strandhaus befand, mit beiden Händen fest an einen der Stützpfeiler gefesselt.

Und sie wusste, die Flut kam herein. Die Wellen sprangen höher. Das Wasser ging ihr bereits bis über die Taille.

Sie sah jetzt alles ganz deutlich. Doch der Schmerz wollte ihr nicht erlauben, nachzudenken. Der grelle Schmerz hinderte sie daran, einen Fluchtplan zu entwerfen.

Sie fing an zu schreien – ein tierhaftes Heulen, hoch und verängstigt, das kaum das ständige Rauschen der Brandung übertönen konnte.

Amy hörte abrupt auf zu schreien, als sie Buddy wenige Meter von sich entfernt auf dem Sand stehen sah. Das Wasser spielte um seine Turnschuhe. Er stand neben dem Haus, die Hände auf die Knie gestützt, und spähte zu ihr herunter.

Beobachtete ihre Angst. Weidete sich an ihrem Schmerz.

Und lächelte.

Amy starrte zu ihm hoch, während sie sich verzweifelt abmühte, das Seil zu lockern, das sie an den Pfeiler fesselte.

»Niemand kann dich hören«, sagte Buddy ruhig und beiläufig, als machte er eine Bemerkung über das Wetter.

»Lass mich gehen!«, bat sie.

Der Schmerz in ihrem Hinterkopf ließ sie zusammenzucken und einen Wimmerlaut ausstoßen. Was war das warme Rinnsal in ihrem Nacken? Blut?

»Niemand kann dich jetzt retten«, meinte er nüchtern. Er trat einen Schritt vor, bis das Wasser an seinen Knien hochleckte.

»Lass mich gehen! Bitte, Buddy!«

»Du hast mich im Ozean zurückgelassen«, erwiderte er, ohne sich um ihren schrillen, angstvollen Schrei zu kümmern. »Ihr alle habt mich im Ozean zurückgelassen. Ihr habt mir einfach meine Badehose weggenommen und habt mich im Stich gelassen.«

»Aber, Buddy ...«

»Und dann seid ihr weggegangen. Ihr seid einfach weggegangen.«

Kopfschüttelnd drehte er sich um und ging zurück auf den Sand.

»Nein! Buddy! Komm zurück. Komm zurück!«, flehte Amy.

Er hatte ihr den Rücken zugekehrt und ging unbeirrt weiter.

»Buddy, bleib stehen! Wo gehst du hin?«

Er hielt inne und wandte sich zu ihr um. »Ich gehe weg, Amy. Ich gehe einfach weg, so wie ihr es auch getan habt.«

»Nein, Buddy! Das kannst du nicht! Du kannst mich hier nicht zurücklassen. Bitte, Buddy! Bitte!«

Er bückte sich und schaute unter das Haus.

Er kommt zurück, dachte Amy. Er wird mich doch noch retten. Er wird mich nicht ertrinken lassen. Er will mir nur Angst einjagen.

»Keine Sorge, Amy«, sagte er ruhig und so leise, dass sie sich anstrengen musste, um ihn über das Tosen der Wellen zu verstehen.

Keine Sorge, dachte sie. Er wird mich jetzt hier herausholen.

Er wird mich nicht meinem Schicksal überlassen.

»Keine Sorge«, wiederholte Buddy. »Die Flut steigt unglaublich schnell. In ein paar Minuten wird das Wasser bis über deinen Kopf reichen. Du wirst nicht lange leiden.« Amy konnte nur seine Beine sehen. Die nassen Jeans, die an seinen Beinen klebten. Die weißen Turnschuhe, die sich zum Strand hinaufbewegten.

Und dann konnte sie ihn nicht mehr sehen. Und das Wasser war bis zu ihren Schultern gestiegen.

»See you later, alligator«, hörte sie Buddy, von irgendwoher rufen. »Du bist ein echt steiler Zahn. Aber jetzt muss ich nach Hause.«

Buddy kletterte eilig die Stufen zur Veranda hinauf und trat ins Haus. Er schob die Glastür hinter sich zu, blockte das Geräusch von Amys letzten, verzweifelten Schreien ab.

9. Kapitel

Sommer 1995

Ashley blieb am Fuß der Verandatreppe stehen und schaute zu dem alten Strandhaus hoch, das sich als schwarzer Schatten gegen den violetten Abendhimmel abzeichnete. Ich will nicht ganz allein mit Brian in dem Haus sein, entschied sie und fühlte einen angstvollen Schauder den Rücken herunterrieseln.

Wellen, dunkel wie Öl, rollten unter das Haus und leckten an den Stützpfeilern hinauf. Vom Meer blies ein stürmischer Wind herüber, der einen Geruch nach Fisch und Tang mit sich brachte.

»Komm schon. Ich brenne darauf, dir mein Geheimnis zu zeigen«, drängte Brian, während er an Ashleys Hand zerrte und sie die Stufen hinaufzuziehen versuchte.

Das Haus bewegte sich plötzlich leicht auf seinen

Pfählen und knirschte laut, als wollte es Ashley davor warnen, hineinzugehen.

»Brian, es ist schon spät«, begann sie und versuchte, zurückzuweichen.

»Komm mit, Ashley. Ich muss es dir unbedingt zeigen.«

»Meine Eltern werden ausrasten, wenn ich nicht bald komme. Ich muss jetzt wirklich nach Hause.«

Er schob enttäuscht die Lippen vor.

»Sag mir doch, was du da im Haus hast«, meinte sie hastig. »Erzähl mir dein Geheimnis. Du kannst es mir doch ein andermal zeigen.«

Sein unglücklicher Ausdruck veränderte sich nicht. Er blickte auf die dunklen, aufgewühlten Wellen hinaus. »Nein, ich kann es dir nicht sagen. Ich muss es dir zeigen«, erwiderte Brian leise. Er hockte sich auf die oberste Treppenstufe, und das alte Holz knarrte unter seinem Gewicht. Er klopfte auf den Platz neben sich und winkte Ashley, sich zu ihm zu setzen.

»Ach, Brian, es wird kalt«, protestierte sie.

Trotzdem, sie konnte seine unglückliche, enttäuschte Miene nicht ertragen. Gehorsam hockte sie sich neben ihn auf die Treppenstufe.

»Ich möchte dieses Geheimnis wirklich mit dir teilen«, sagte Brian, während er auf den Ozean hinausstarrte. »Nur mit dir. Ich würde sonst keiner Menschenseele davon erzählen.«

Ashley rutschte unbehaglich auf der harten Stufe herum. Von irgendwoher stieg ihr der penetrante Geruch von Benzin in die Nase.

»Du solltest nicht zu ernsthaft werden«, begann sie vorsichtig.

Er drehte den Kopf zu ihr um. Seine Augen blickten verwirrt.

»Was mich betrifft, meine ich«, sagte Ashley, während sie verlegen eine ihrer langen blonden Haarsträhnen um den Finger wickelte. »Du solltest unsere Freundschaft wirklich nicht zu ernst sehen. Schließlich sind wir erst ein paarmal miteinander ausgegangen.«

»Hey, ich meine es aber ernst«, erwiderte Brian. »Sehr ernst, Ashley.« Er legte einen Arm um ihre Taille. »Ich meine es immer ernst. Hast du das an mir noch nicht bemerkt?«

»Komisch, wieso rieche ich Benzin?«, fragte sie in einem nicht sehr geschickten Versuch, das Thema zu wechseln.

Brian zuckte die Achseln. »Vielleicht sind ein paar Motorboote hier vorbeigerauscht. Oder Leute mit Jet Skis. Irgendwas in der Art.«

»Brian, könnten wir …?« Ashley wollte jetzt wirklich nach Hause. Ihr war kalt und unbehaglich zumute, und Brians hartnäckiges Streben, sie in das Haus hineinzulocken, beunruhigte sie.

»Ich möchte dir etwas über mich erzählen«, sagte er, den Arm immer noch Besitz ergreifend um ihre Taille geschlungen. »Vielleicht hilft es dir, mich ein bisschen besser zu verstehen.«

»Also, ich …« Sie merkte, dass er ihr Unbehagen ignorierte.

Er schien mit seinen Gedanken ganz woanders zu sein, in irgendwelche Erinnerungen versunken. Seine Augen wurden schmal, sein Blick war auf die Ferne konzentriert, als sähe er dort etwas, was nur er sehen konnte.

»Die Männer in meiner Familie waren schon immer Forscher«, begann Brian, während er weiter unverwandt geradeaus starrte. »Das heißt, auf die eine oder andere Weise. Mein Urgroßvater war tatsächlich Forscher. Als er Ende Vierzig war, segelte er nach Südamerika. Er fuhr den Amazonas hinauf und fotografierte verschiedene wilde Stämme. Einige seiner Fotos hängen in einem Museum in Washington, D. C.«

»Wow«, meinte Ashley anerkennend. »Woher weißt du das alles?«

»Mein Vater hat meinem Bruder und mir davon erzählt«, fuhr er fort und strich sich mit einer Hand durch sein dunkles Haar. »Mein Großvater war auch ein Forscher. Allerdings auf ganz anderem Gebiet. Er besaß eine Spinnerei. Er hat seine Forschungen direkt in der Spinnerei betrieben. Er hat neue Arten von Textilien entwickelt. Kunstfasern.«

»Du meinst, so was wie Rayon und Nylon?«, fragte Ashley. Sie hatte in der Schule in Wirtschaftskunde ein Referat über Polyester und andere Kunstfasern ausgearbeitet.

»Ja.« Er nickte. »So hat mein Großvater sein Vermögen gemacht. Er wurde der Rayon-König der Welt.« Er grinste. »Du hast unser großes, teures Sommerhaus, unseren Tenniscourt und den Swimmingpool gesehen? Den Jaguar und den Mercedes in der Einfahrt? Das haben wir alles meinem Granddad zu verdanken. Und der Tatsache, dass er Rayon erfunden hat.«

Warum erzählt er mir das alles?, fragte Ashley sich, während sie ihr Gewicht auf der harten Stufe verlagerte.

Etwas Dunkles kam angeflattert. Sie sah einen Schatten über den Sand huschen. Eine Fledermaus?

»Hast du das gesehen?«, fragte sie flüsternd.

»Ich schätze, man könnte meinen Vater auch als

Forscher bezeichnen«, fuhr Brian fort, so vertieft in seine Geschichte, dass er Ashleys Frage nicht hörte.

Oder so tat, als hätte er sie nicht gehört.

»Ein paar Jahre, nachdem mein Bruder Johnny geboren wurde, hat mein Dad uns verlassen. Kam eines Tages einfach nicht mehr nach Hause. Man könnte vielleicht sagen, dass er andere Lebensstile oder so erforscht hat.« Er lachte bitter. »Wir haben ihn von Zeit zu Zeit gesehen. Und er hat dafür gesorgt, dass wir mehr Geld hatten, als zwanzig Familien zusammen jemals brauchen würden. Aber er war zu beschäftigt, sein neues Leben zu ›erforschen‹, um auch nur ein bisschen Zeit mit uns zu verbringen.«

»Das ist schrecklich«, meinte sie mitfühlend.

»Ja«, gestand Brian mit noch mehr Bitterkeit.

»Ich habe deinen Bruder Johnny nicht kennen gelernt, als ich bei dir zu Hause war«, sagte Ashley, die sich immer noch fragte, worauf Brian mit seiner Geschichte hinauswollte.

War sie Teil des Geheimnisses, das er mit ihr teilen wollte?

»Du wirst Johnny auch nicht kennen lernen«, erklärte er brüsk, während jeglicher Ausdruck aus seinem Gesicht schwand. Er schloss einen Moment lang die Augen und starrte Ashley dann eindringlich an.

»Ich glaube, Johnny war vielleicht der größte Forscher in unserer Familie«, sagte er. Er war immer ganz wild darauf, alles zu erkunden, was er sah. Buchstäblich alles. Ich hatte immer Schwierigkeiten, mit Johnny mitzuhalten. Ich war der Ältere von uns beiden. Zwei Jahre älter. Aber ich konnte es nicht mit ihm aufnehmen. Unmöglich.«

Er brach einen Moment ab. Ashley merkte, dass sein Atem schwer ging, richtig aufgeregt.

Sie wollte etwas sagen, aber er fuhr fort mit seiner Erzählung.

»Johnny war immer auf Spaß und Vergnügen aus. Ich war immer der Ernste von uns beiden. Er war ein echter Witzbold. Er liebte es, Leute aufzuziehen. Aber die hervorstechendste Eigenschaft an Johnny war seine Neugier.«

»Interessierte er sich für Naturwissenschaften?«, wollte sie wissen.

»Nein. Er hatte nur diese unglaubliche Neugier. Wie ein echter Forscher. Ich meine, zeig Johnny eine Tür, und er musste einfach wissen, was dahinter war. Zeig ihm eine offene Tür, und er schoss wie der Blitz durch. Er war neugierig auf alles. Johnny nahm immer irgendwelche Sachen auseinander, um zu sehen, wie sie funktionierten. Radios und Fernseher und sogar unser Klavier. Er hat meine Mutter zum Wahnsinn getrieben. Wirklich. Aber er musste einfach wissen, was hinter den Dingen steckte. Ich habe versucht, so wie er zu sein«, sagte er mit wachsender Traurigkeit. »Ich hab's echt versucht. Aber ich war nicht Johnny. Ich hab meinen Bruder regelrecht vergöttert. Ich gebe es zu. Und als er dann starb ...«

Er brach ab.

Ashley wusste nicht, was sie sagen sollte. Wartete er auf ihre Reaktion?

Sie hatte schon vermutet, dass Johnny tot war, weil Brian in der Vergangenheit von ihm sprach.

»Wie ist er gestorben?«, fragte sie schließlich.

»Es war nicht meine Schuld«, erwiderte Brian dumpf. »Es war nicht meine Schuld, aber ich habe mich dafür verantwortlich gefühlt. Lange, lange Zeit. Ich schätze, ich gebe mir immer noch irgendwie die Schuld an seinem Tod.«

Er seufzte und sprach dann weiter, langsamer, vorsichtiger. »Ich sollte auf ihn aufpassen. Aber ich konnte nicht mit ihm Schritt halten. Das konnte keiner. Sie bauten ein neues Haus, ein riesiges neues Gebäude in der Sackgasse, die an unsere Straße grenzte. Johnny konnte Neubauten einfach nicht widerstehen. Er liebte es, darin herumzuklettern, wenn sie noch im Bau waren. Bis ich merkte, dass er zu der Baustelle gegangen war, bis ich dort ankam und ins Haus ging, war er schon tot.«

Brians Blick brannte in Ashleys Augen. Er starrte sie an, als wollte er sichergehen, dass sie seine Geschichte auch akzeptierte. »Ich habe ihn noch nicht mal schreien gehört. Er muss geschrien haben. Er fiel von der zweiten Etage bis ins Erdgeschoss. Der Fußboden war noch nicht fertig. Johnny stürzte geradewegs in die Tiefe und brach sich das Genick auf dem Zement-Fußboden.«

Brian keuchte jetzt, seine Brust hob und senkte sich schwer. Er wandte das Gesicht ab.

Lange Zeit saßen sie schweigend da.

»Ich habe versucht, wie Johnny zu sein«, sagte er schließlich leise. »Ich habe versucht, ein Forscher zu sein wie er. Aber ich bin nicht Johnny. Ich weiß es. Ich kann nicht wie er sein. Ich bin zu ernsthaft. Ich habe nicht seine Energie, seinen Tatendrang, sein … ach, einfach alles. Und seit Johnny tot ist, nehme ich alles so schrecklich schwer.«

»Du darfst dir selbst nicht die Schuld geben«, sagte Ashley und wand sich innerlich, weil sie wusste, ihre Worte klangen nichts sagend. Aber sie wusste nicht, was sie sonst hätte sagen sollen. »Es war ein Unfall, das ist alles. Ein furchtbarer Unfall.«

»Und als der Sommer anfing, habe ich beschlossen, selbst auf Entdeckungstour zu gehen«, sagte Brian, ohne sie anscheinend zu hören. »Ich sah dieses alte Strandhaus, das all die Jahre leer gestanden hat. Es muss vor fast vierzig Jahren gebaut worden sein. Man hat mir erzählt, es wäre nie bewohnt gewesen.«

»Dieselbe Story habe ich auch gehört«, erwiderte Ashley. Sie blickte zu den dunklen Fenstern auf, die wie Käferaugen auf sie herunterstarrten.

»Ich wollte also auch ein bisschen forschen«, sagte Brian. »Genauso wie Johnny es getan hätte. Eines Morgens bin ich in aller Frühe hierher gekommen. Es war noch niemand am Strand. Es war Anfang Juni, noch ziemlich kalt so früh am Morgen. Jedenfalls, ich bin ins Haus gegangen. Und habe es erkundet.«

Er stand plötzlich auf, griff nach Ashleys Händen und zog sie auf die Füße. »Nun komm endlich. Ich muss dir zeigen, was ich gefunden habe.« Seine Augen leuchteten erregt. Ein eifriges Lächeln spielte um seine Lippen. »Ich habe da drinnen etwas Unglaubliches entdeckt«, sagte er.

Ich will nicht in das Haus, dachte Ashley, als ihr Kip und Lucy einfielen. Als sie daran dachte, wie dunkel und beängstigend das alte Haus wirkte.

Doch dann sah sie eine Bewegung in den flachen Dünen.

Jemand hockte dort zusammengekauert im hohen Gras.

Sie bemerkte nur einen Schatten, eine schnelle Bewegung. Und sie wusste, dass dort jemand war.

Ross. Sie wusste es.

Ross, der ihr immer noch nachspionierte. Dieser kindische Idiot.

Sie fühlte, wie Wut in ihrer Brust aufstieg.

Okay, Ross. Du willst mir nachschnüffeln, mich beobachten?, dachte Ashley. Dann will ich dir mal etwas Handfestes zum Beobachten geben.

Sie nahm Brians Arm. »Okay«, flüsterte sie. »Lass uns reingehen. Zeig mir dein phantastisches Geheimnis.«

Brian lächelte und ging voraus. »Du wirst es nicht glauben«, sagte er aufgekratzt.

Er schob die Glastür auf, und Ashley folgte ihm in die Dunkelheit.

An der Tür blieb Ashley stehen. »Es ist so dunkel. Ich kann überhaupt nichts sehen.«

Sie fühlte Brians Hand auf ihrer Schulter. »Warte hier. Rühr dich nicht von der Stelle. Ich bin gleich wieder zurück.«

Sie hörte seine Schritte auf dem knarrenden Fußboden, als er in der Finsternis verschwand. Ein paar Sekunden später sah sie einen gelben Lichtkreis über Decke und Wände flackern.

»Ich habe diese Taschenlampe unter der Küchenspüle versteckt«, sagte Brian lächelnd, als er wieder im Blickfeld erschien. »Sie ist ziemlich hell, nicht? Es ist eine Halogenlampe.«

Er winkte Ashley in das Wohnzimmer hinein. »Sieh dich ruhig um«, sagte er laut, um das Rauschen der Wellen unter dem Haus zu übertönen. »Es ist echt erstaunlich.«

»All diese alten fünfziger-Jahre-Möbel sind wirklich witzig«, meinte Ashley, während sie sich gehorsam in dem Raum umschaute und ihren Blick dem hellen Strahl von Brians Taschenlampe folgen ließ. »Selbst ein alter Fernseher steht noch da. Sieh mal, wie klein die Bildschirme damals waren.«

Brian richtete den Lichtstrahl auf das Gerät. »Sechzehn Zoll«, meinte er.

»Aber ich bin schon mal hier gewesen, weißt du nicht mehr?«, erinnerte sie ihn.

»Klar, weiß ich.«

»Also, was ist dann das große Geheimnis?«, fragte sie ungeduldig.

Ich fühle mich unbehaglich in diesem Haus, dachte sie, während sie ihren Blick über die dunklen Möbel schweifen ließ. Ich mag es nicht, wie dieses Haus schwankt. Ich mag auch nicht das Rauschen des Ozeans direkt unter dem Fußboden. Es ist, als wäre man auf einem alten Schiff, auf einer Reise ins Nichts. Unheimlich.

»Ich werde dir nun mein Geheimnis zeigen«, sagte Brian. »Aber zuerst muss ich dir sagen, wie sehr ich dich mag.«

»Danke«, erwiderte Ashley verlegen. Dann fügte sie schnell hinzu: »Ich mag dich auch.«

Und bevor sie zurückweichen konnte, hatte Brian seine Arme um sie gelegt und presste seinen Mund auf ihren. Die Taschenlampe fiel poltemd auf den Boden und rollte weg.

Ashley ließ sich seine Zärtlichkeit gefallen. Dann erwiderte sie seinen Kuss. Aber nach einer Weile fing Brians Leidenschaft an, sie zu erschrecken.

Sie versuchte, den Kopf zurückzuziehen, versuchte, einen Schritt zurückzutreten. Doch Brian zog sie nur noch fester in seine Arme, hielt sie mit überraschender Kraft an sich gedrückt und küsste sie weiter. Härter, wilder.

Bis es kein Kuss mehr war.

Bis es sich feindlich und wütend anfühlte, wie ein brutaler Angriff.

Ashley stemmte beide Hände gegen seine Brust und wollte ihn wegstoßen. Er wich keinen Zentimeter zurück.

Sie drückte noch stärker und zog den Kopf zurück, drehte ihr Gesicht von ihm weg. »Brian ... bitte ...«

Er keuchte, und sein Atem streifte heiß über ihre Wange. »Ich mag dich sehr, Ashley«, sagte er schließlich.

Sie trat zurück, erleichtert, dass er sie endlich losgelassen hatte.

»Die Überraschung«, erinnerte sie ihn. »War das etwa die Überraschung?«

Brian bückte sich, um die Taschenlampe aufzuheben. Als er sich aufrichtete, sah sie den verletzten Ausdruck auf seinem Gesicht. »Traust du mir nicht?«

Sie zwang sich zu lachen, um die angespannte Situation zu entschärfen, »Hey, Brian, wie lange willst du mich noch auf die Folter spannen? Bring endlich deine Überraschung her.«

Seine Miene verhärtete sich, wurde fast grimmig. »Ich kann sie nicht herbringen. Du musst schon mitkommen, wenn du sie sehen willst.«

»Okay«, erwiderte Ashley, unfähig, ihre Ungeduld zu verbergen. »Geh vor. Es wird wirklich spät, weißt du. Wo ist sie?«

Er hielt die Taschenlampe in Taillenhöhe und leuchtete damit in sein Gesicht. In dem gelben Licht sah er richtig unheimlich aus, Angst einflößend, wie ein Halloween-Vampir. Eine fast unnatürliche Erregung glitzerte in seinen Augen.

»Das Geheimnis ist im Schlafzimmer«, sagte er. »Komm mit.«

»Hoppla!« Ashley blieb stehen. »Im Schlafzimmer?«

Nach dem unangenehm intensiven Kuss hatte sie nicht unbedingt das Bedürfnis, Brian ins Schlafzimmer zu folgen. »Nein, ich glaube, ich komme lieber nicht mit.«

»Ashley, los, komm!«, rief er fast weinerlich, und seine Stimme hob sich dabei um mehrere Oktaven. »Du musst es einfach sehen! Ich habe es noch keinem Menschen gezeigt.«

»Lass uns morgen zurückkommen«, schlug sie vor, mehr als ein bisschen verängstigt. »Du weißt schon. Bei Tageslicht.«

»Ashley.« Brian sagte ihren Namen fast missbilligend und schüttelte den Kopf. »Ich werde ganz bestimmt nichts versuchen. Ehrlich nicht.«

Sie zögerte und betrachtete forschend sein Gesicht.

»Bitte verletze meine Gefühle nicht«, bat er leise. »Ich habe dir heute Abend mehr über mich erzählt, als ich sonst jemals einem Menschen anvertraut habe. Bitte. Ich habe dir vertraut. Jetzt musst du auch mir vertrauen.«

»Okay«, sagte sie, zu müde, um noch länger Widerstand zu leisten. »Okay, ich komme mit.«

Sie holte tief Luft und folgte ihm in den Flur. Brian ließ den Lichtkreis seiner Lampe im Gehen über den Fußboden wandern.

Er bog in das Schlafzimmer ein und richtete den Lampenstrahl auf die Decke, damit das Licht den gesamten Raum erfasste.

»Ich bin hier schon mal gewesen«, sagte Ashley erneut und musterte das Zimmer in dem trüben Licht. Nichts hatte sich verändert, seit sie es das letzte Mal betreten hatte.

An dem Tag, an dem sie Lucys Seidentuch gefunden hatte.

»Hier entlang«, sagte Brian und wies mit der Taschenlampe auf den Wandschrank.

»Was?«

Er ließ hastig die Schranktür aufgleiten. Und trat dann in den Schrank hinein. Das Licht der Taschenlampe wurde augenblicklich schwächer. Der eben noch hellgelbe Lichtstrahl wirkte plötzlich grau.

»Komm rein«, rief Brian.

»In den Schrank?« Ashley machte ein paar Schritte auf ihn zu und hielt dann zögernd inne.

»Ja, hier in den Schrank. Nun komm schon«, rief er ungeduldig. »Beeil dich.«

Sie blieb unschlüssig vor der offenen Tür stehen. Was für ein riesiger Schrank. So dunkel, trotz des flackernden, matten Lichts der Taschenlampe. So tief. So unergründlich.

»Brian, nun hör mal. Warum müssen wir unbedingt in den Schrank?«, fragte sie nervös.

»Komm einfach herein!«, gab er giftig zurück.

Sie spähte in das Innere. Der graue Lichtstrahl schien zu verblassen, noch bevor er die Wände erreicht hatte.

»Los, nun mach schon! Komm!«

»Nein«, sagte Ashley. »Ich will nicht.«

»Komm sofort herein!«, kommandierte Brian mit scharfer, wütender Stimme.

Er griff grob nach ihrer Hand und zerrte sie in den Schrank.

Ashley fand sich von dem unheimlichen grauen Licht eingehüllt, als wäre sie in eine Wolke hineingegangen.

Sobald sie den Schrank betreten hatte, ließ Brian ihre Hand wieder los. Er kehrte ihr den Rücken zu und machte ein paar Schritte vorwärts, und es sah aus, als verschwände er in grauen Dunstschleiern.

»Brian, bleib stehen!«, rief Ashley verängstigt. Ihre Stimme klang erstickt, seltsam gedämpft.

Es war kalt im Innern des Schranks. Kalt und feucht. Die Luft roch modrig, und Ashley spürte, dass sie Mühe hatte zu atmen.

»Folge mir«, kommandierte Brian aus der Dunkelheit. Sein Ton war immer noch scharf. Es war ein Befehl, keine Bitte.

»Ich will nicht«, sagte sie. »Ich mag das hier wirklich nicht.«

»Was magst du nicht?«

Obwohl er nur zwei Meter von ihr entfernt war, musste sie angestrengt blinzeln, um ihn in den wabernden grauen Schatten auszumachen.

»Ich kann nichts sehen«, protestierte sie. »Ich kann nicht sehen, wohin ich gehe. Ich sehe überhaupt nichts. Noch nicht mal die Schrankwände.«

»Ich hab dir doch gesagt, dass es unglaublich ist«, erwiderte er. »Komm von der Tür weg. Du musst mir folgen!«

»Warte eine Sekunde, okay?«, bat Ashley. »Warum kannst du mir nicht erklären, was wir hier wollen? Warum musst du so geheimnisvoll tun? Du machst mir echt Angst!«

Plötzlich brach Brian aus dem verschwommenen Grau hervor und baute sich drohend vor ihr auf. Seine Miene war verkrampft, seine dunklen Augen blitzten verärgert.

Er packte Ashley an der Schulter. Hart. Und verstärkte seinen Griff noch, bis ihre Schulter schmerzhaft zu pochen begann.

»Hör auf, dich wie ein verängstigtes Baby aufzuführen«, sagte er, während er sich dicht zu ihr vorbeugte, ihr die Worte förmlich ins Gesicht spuckte.

»Lass mich los«, rief sie. Der Schmerz in ihrer Schulter ließ sie einen Wimmerlaut ausstoßen.

Brian lockerte seinen Griff nur ein wenig.

»Lass mich los, Brian. Es ist mein Ernst. Ich gehe jetzt.«

»Nein, das tust du nicht«, erwiderte er barsch. Sein Ausdruck war kalt, seine Stimme gedämpft und bedächtig. »Du bist mir schon zu weit gefolgt.«

»Zu weit? Herrgott noch mal, wovon redest du eigentlich?« kreischte Ashley.

»Folge mir.«

Als er ihre Schulter drückte, begann Ashley Farben zu sehen, blitzende Orange- und Gelbtöne, zuerst nur matt, dann immer heller.

Brian ließ ihre Schulter los, ergriff ihre Hand und zerrte sie brutal hinter sich her.

Die flackernden orangefarbenen und gelben Lichter kamen näher, wurden noch greller.

Was geht hier vor?, fragte Ashley sich voller Angst.

Brian zog sie noch tiefer in den Schrank hinein.

Und dann fühlte Ashley zu ihrem Entsetzen eine Hand, eine andere Hand, die eiskalte Hand eines Fremden sich von hinten um ihre Taille schlingen.

10. Kapitel

Ashley stieß einen gellenden Schrei aus.

Sie holte tief Luft und schrie noch einmal.

Das flackernde gelbe und orangefarbene Licht stammte von einer Kerosinfackel. Die Flammen kamen näher auf sie zu, zuckten dicht vor Ashleys Gesicht.

»Hey!«, rief Brian erschrocken und ließ ihre Hand los.

Der Arm um Ashleys Taille spannte sich noch fester an und zerrte sie mit aller Kraft rückwärts.

Weg von Brian.

Immer weiter zurück.

Ashley leistete keinen Widerstand, weil die Angst sie förmlich lähmte. Die Flammen tanzten direkt über ihrem Kopf. Die grauen Schatten schienen zu weichen.

Zurück, zurück, immer dem zuckenden Licht nach.

Und dann war Ashley aus dem Schrank heraus und stand wieder im Schlafzimmer.

Die Fackel senkte sich knisternd, hob sich dann erneut.

Atemlos drehte Ashley sich um, um zu sehen, wer sie von Brian weggezogen hatte, fort von dem wabernden grauen Nebel in dem Schrank.

Sie starrte in die hellen Flammen. Die Gestalt, die die Fackel hielt, blieb in der Dunkelheit verborgen.

»Hilfe! Bitte hilf mir!«, flehte Ashley, zu sehr von Panik erfüllt, um zu merken, dass sie laut gesprochen hatte.

»Hey …« Brian steckte den Kopf zur Schranktür heraus. Wut brannte in seinen Augen. »Was ist hier los?« Er baute sich im Eingang auf, seine Hände kampfbereit zu Fäusten geballt.

Ashley stolperte rückwärts weg von der Fackel. Sie stieß mit dem Rücken gegen die Wand, presste sich flach dagegen, schlug die Hände vors Gesicht und wagte es nicht, sich zu rühren.

Brian blinzelte gegen das helle Licht der Fackel, während sich die züngelnden gelben Flammen in seinen Augen spiegelten und über sein wütendes Gesicht tanzten.

»Sie?«, schrie er, als er die Person, die die Fackel hielt, plötzlich erkannte. »Was tun Sie denn hier?« Seine Stimme enthüllte auf einmal mehr Verwunderung als Ärger.

Ashleys Augen gewöhnten sich allmählich an das veränderte Licht.

Sie konnte eine weiße Uniform erkennen. Dann beleuchtete die Fackel dunkles Haar, von breiten, grauen Strähnen durchzogen.

Dann das Gesicht einer Frau, die Brian ruhig und unverwandt anblickte.

»Mary …« rief er. »Mary, antworten Sie mir. Was tun Sie hier?«

Die Haushälterin gab keine Antwort, schaute ihn nur durchdringend an.

Dann senkte sie langsam die Fackel und richtete sie auf Brian.

Er machte Anstalten, aus dem Schrank herauszutreten.

»Geh zurück«, sagte sie beherrscht.

»Mary, ich fürchte, Sie haben hier absolut nichts zu suchen«, erwiderte Brian, während er sie argwöhnisch anstarrte. Wieder machte er drohend einen Schritt auf sie zu.

Sie reagierte augenblicklich, senkte die Fackel noch ein Stück tiefer und machte damit eine Drohgebärde in seine Richtung.

Er japste verblüfft und wich zurück.

»Komm nicht heraus, Buddy«, befahl sie Brian im selben ruhigen, beherrschten Ton.

Das Licht der Fackel zeigte den Hass in ihren dunklen, müden Augen.

»Bleib da drin, Buddy. Wage es nicht, herauszukommen. Du wirst niemals mehr herauskommen.«

Ashley sank auf die Knie und beobachtete verwirrt die Auseinandersetzung zwischen Brian und der Haushälterin.

»Bleib zurück, Buddy. Ich warne dich. Ich werde dich ohne zu zögern verbrennen«, sagte Mary und schwenkte drohend die lodernde Fackel.

»Buddy? Warum nennen Sie Brian dauernd Buddy?«, brachte Ashley mühsam hervor.

Mary ließ Brian keine Sekunde aus den Augen. »Buddy ist sein Spitzname. Brian wurde schon immer Buddy genannt. Ist es nicht so, Buddy?« Sie sprach seinen Namen aus, als wäre er ein schrecklicher Fluch.

Brian stützte sich mit den Händen am Rahmen der Schranktür ab, während er darum kämpfte, sich wieder in den Griff zu bekommen. »Seit Jahren hat mich keiner mehr Buddy genannt«, sagte er, und seine Stimme zitterte trotz seiner Anstrengung, Gelassenheit vorzutäuschen. »Woher wissen Sie das, Mary? Wer sind Sie überhaupt?«

Die Frage ärgerte sie. Sie stieß einen wütenden Laut aus und holte mit der Fackel aus, die eine rauchige Farbspur in der Luft hinterließ.

»Wer ich bin?« Sie starrte ihn durchbohrend an. »Wer ich bin, möchtest du wissen?«

Ich muss hier weg, dachte Ashley, und blickte hastig zur Tür.

Ich habe keine Ahnung, was hier vor sich geht. Aber ich fühle den Hass. Er brennt so heiß wie die Flammen an Marys Fackel.

Mary ist wahnsinnig vor Wut.

Wahnsinnig.

Sie würde es sogar fertig bringen, Brian oder Buddy, oder wie auch immer er heißt, zu töten.

Ich muss von hier verschwinden, Hilfe holen.

Aber Ashley rührte sich nicht vom Fleck. Ihre Angst hinderte sie daran, aufzuspringen und wegzurennen. Und ihre Neugier. Und so blieb sie weiter dort auf den Knien liegen und beobachtete wie hypnotisiert die Szene vor sich.

Mary machte einen Schritt auf den Schrank zu. Dann noch einen. Sie hob die Fackel in Brusthöhe, um ihr Gesicht zu beleuchten. Es wirkte wie losgelöst vom Körper und schien in der rauchigen Luft zu schweben, während orangefarbenes Licht über ihre Züge tanzte.

»Erkennst du mich nicht, Buddy?«, fragte sie. Flackernde Schatten umgaben ihre dunklen Augen – Augen, wie die eines Schneemanns, kalt und tot.

»Nein!«, schrie Brian, sein Gesicht verzerrt vor Furcht. »Gehen Sie weg, Mary. Kommen Sie mir nicht zu nahe!«

Sie trat noch näher auf ihn zu und senkte die Fackel ein wenig.

»Du weißt wirklich nicht, wer ich bin?«

»Nein!«, wiederholte Brian. »Es ist mein voller Ernst, Mary. Gehen Sie zurück. Kommen Sie mir keinen Schritt näher.«

Mary ignorierte seine Warnung und trat noch einen Schritt vor. Sie war jetzt nur noch einen halben Meter von ihm entfernt.

Ich muss hier weg, dachte Ashley voller Panik. Ich muss Hilfe holen.

Sie zog sich auf die Füße. Aber sie bewegte sich nicht von der Wand fort. Sie konnte nicht. Sie musste wissen, was das hier zu bedeuten hatte.

Warum hatte Brian solche Angst vor Mary? Und warum hasste Mary Brian so abgrundtief?

»Ich warne Sie, Mary«, wimmerte Brian mit erhobenen Händen, als wollte er sich vor ihr abschirmen.

Sie blickte ihn starr und unbeweglich an. Ihr Blick hatte etwas Geisterhaftes, ihr ganzer Körper schien mit den Flammen der Fackel zu zucken, sich zu winden.

»Schau mich nur gründlich an, Buddy. Erkennst du mich jetzt?«

»Nein, ich erkenne Sie nicht!«, schrie Brian. »Verschwinden Sie! Los, verschwinden Sie!«

»Vielleicht wird das hier deine Erinnerung ein wenig auffrischen«, sagte sie, während sich ihr Blick in seine Augen zu brennen schien.

Mit überraschender Schnelligkeit hob sie ihre freie Hand zum Kragen ihrer Bluse. »Vielleicht hilft das hier deinem Gedächtnis auf die Sprünge.«

Das ratschende Geräusch ließ Ashley zusammenzucken, als Mary mit einem energischen Handgriff ihre Bluse aufriss. Knöpfe sprangen auf den Holzfußboden und kullerten in alle Richtungen.

Mit einem einzigen Ruck zerrte Mary sich die Bluse vom Körper und schleuderte sie fort, enthüllte ihren BH.

Und ihre Narben.

Rote und violett verfärbte Narben.

Einige waren erhaben, wie Striemen. Einige gruben sich tief in ihre Haut. Die Narben verliefen quer über ihre Brust, über beide Schultern, an beiden Armen herab.

Ashley schrie auf und schloss die Augen.

»Erkennst du mich jetzt endlich?«, sagte Mary barsch.

Brian starrte in ihre Augen, starrte auf die Narben, auf ihren entstellten Körper.

»Ja, ich bin's!«, rief sie triumphierend. »Ich bin's – Maria. Du hast mich 1956 umgebracht!«

Stille breitete sich im Raum aus, eine so tiefe Stille, dass Ashley das Zischen der Fackel, das Lodern der Flammen hören konnte.

Sie hörte, wie die Wellen gegen die Stützen unter dem Haus klatschten. Hörte das gedämpfte, unaufhörliche Brausen des Windes.

Wir segeln davon, dachte sie, und fühlte, wie das Strandhaus schwankte. Wir segeln fort von dieser Welt, weg von der Wirklichkeit.

»Brian, ich verstehe nicht!«, rief Ashley quer durch den schwankenden Raum. »Wovon spricht sie?«

Aber Brian schien sie nicht zu hören. Sein Blick war starr auf Maria gerichtet. Ungläubig betrachtete er ihr seltsam siegreiches Lächeln. Die Narben, die ihren Körper bedeckten.

»Es kann einfach nicht sein«, murmelte er, und seine Stimme war kaum mehr als ein Flüstern. »Du kannst nicht Maria sein. Maria war sechzehn. Du bist alt. Du bist ...«

»Ich bin Mitte Fünfzig, Buddy«, erwiderte Maria. »Du hast Recht. Ich bin vorzeitig gealtert. Älter, als ich es den Jahren nach bin. Dank dir.«

»Aber ... aber ...«

»Ich musste lange warten, um dir zurückzuzahlen, was du mir angetan hast«, sagte sie. Ihre Stimme bebte vor Wut. »Sehr, sehr lange. Aber ich habe Geduld gehabt. Und jetzt ist es soweit.«

»Nein!«, schrie er. »Du kannst nicht Maria sein!

»Was ist los?«, fragte sie spöttisch. »Freust du dich etwa nicht, mich zu sehen, Buddy?«

»Du bist tot!«, erklärte Brian verzweifelt.

Ashley konnte es keine Sekunde länger ertragen. »Was geht hier vor?«, rief sie. Sie stieß sich von der Wand ab und trat auf Maria zu. »Würde mir mal jemand erklären, worüber ihr redet?«

Maria drehte sich verblüfft um, als sähe sie Ashley zum ersten Mal.

»Sag ihr nichts!«, schrie Brian. Es klang mehr wie eine flehentliche Bitte als wie ein Befehl.

»Ich werde ihr alles erzählen«, gab Maria mit triumphierendem Lächeln zurück.

»Erzählen? Was denn?«, fragte Ashley.

»Buddy hat das Geheimnis dieses Strandhauses entdeckt«, sagte Maria mit gedämpfter, vertraulicher Stimme.

»Das Geheimnis?« Ashley blickte Brian an, dessen Gesicht Entsetzen und Unglauben widerspiegelte, und wandte sich dann wieder zu Maria um.

»Buddy hat herausgefunden, warum keiner jemals hier gewohnt hat und auch nie jemand hier wohnen wird«, fuhr Maria fort. »Und jetzt wirst du das Geheimnis des Hauses ebenfalls erfahren.«

Sie hielt inne, als sammelte sie Kraft für ihre Ankündigung. Brian machte eine plötzliche Bewegung auf sie zu, doch sie zwang ihn zurück, indem sie mit der lodernden Fackel nach ihm stieß.

»Ich hab's dir gesagt, Buddy. Du kommst nicht aus dem Schrank heraus«, warnte sie.

Er runzelte verwirrt die Stirn. »Du bist verrückt. Hör nicht auf sie, Ashley.«

»Bitte erzählen Sie mir von dem Haus«, bat Ashley.

»Das Haus ist sozusagen eine Zwischenstation. Es wurde auf einem Zeitübergang erbaut.«

»Was?«, rief Ashley verdattert. »Worauf?«

»Auf einer Zeitüberschneidung«, wiederholte Maria geduldig. »Das Haus ist eine Zwischenstation zwischen heute und 1956. Buddy oder Brian, wie du ihn nennst – hat das Haus vor ein paar Monaten erkundet, und dabei hat er das Geheimnis entdeckt.«

»Sie meinen, man kann von diesem Haus aus in das Jahr 1956 zurückreisen?«, sagte Ashley ungläubig.

»Nein, es ist nicht wahr! Es stimmt nicht!«, schrie Brian.

Aber seine Verzweiflung sagte Ashley nur zu deutlich, dass es tatsächlich so war.

Maria nickte. »Doch, es stimmt. Buddy entdeckte, dass er ins Jahr 1956 zurückkehren konnte. Man tritt in den Schrank. Man geht weiter, immer weiter durch dichten, grauen Nebel. Es scheint, als wäre der Weg endlos. Aber dann weicht der Nebel plötzlich zurück, und man befindet sich im Jahr 1956.«

»Man kann in die Vergangenheit zurückgehen und dann wieder in die Gegenwart?«, fragte Ashley. »Einfach so, indem man durch den Schrank hin- und herspaziert?«

Maria schüttelte den Kopf. »Nein. In die Vergangenheit zu gehen, ist einfach, es ist nur ein langer, grauer Spaziergang. Umgekehrt ist es wesentlich schwieriger. Irgendwie hat Buddy gelernt, sich in der Zeit vorwärtszubewegen und wieder in seine eigene Zeit zurückzukehren.«

Eine tiefe Traurigkeit erfüllte ihre Stimme. »Ich habe mein ganzes Leben gebraucht, um herauszufinden, wie ich Buddy in die Zukunft folgen konnte.«

»Ashley, du glaubst doch hoffentlich kein Wort von dem ganzen Schwachsinn, oder?«, rief Brian von der Schranktür aus. »Es ist einfach verrückt. Sie ist übergeschnappt!«

»Ich glaube es«, erwiderte Ashley, während sie Maria unverwandt in die Augen blickte. »Sie sagt die Wahrheit.«

»Danke«, meinte Maria leise.

Ashley schnappte erschrocken nach Luft, als ihr plötzlich ein Gedanke kam. »O nein«. stöhnte sie. »Jetzt weiß ich, was mit Kip und Lucy passiert ist.«

»Kip und Lucy? Die beiden Kids, die verschwunden sind?«, erkundigte Maria sich. »Waren sie hier im Haus?«

»Ja.« Ashley schluckte hart. »Sie müssen den Schrank entdeckt haben. Wahrscheinlich sind sie voller Neugier hineingetreten und immer weitergegangen, bis sie im Jahr 1956 landeten.«

»Und dann fanden sie nicht mehr zurück«, ergänzte Maria. »Es ist sehr schwer, zurückzukehren.«

»Es ist verdammt heikel, allerdings«, meinte Brian kichernd. »Wer weiß, wo sie stecken!« Er grinste. Anscheinend fand er die Vorstellung sehr witzig.

»Wie schrecklich«, murmelte Ashley kopfschüttelnd. Sie wandte sich wieder an Maria. »Warum hassen Sie Brian so sehr?«

»Ashley, ich kann nicht glauben, dass du diesen Mist schluckst!«, schrie Brian verzweifelt. »Merkst du denn nicht, dass sie eine Irre ist?«

»Buddy kehrte ins Jahr 1956 zurück«, fuhr Maria fort, ohne sich um seine Proteste zu kümmern. »Er freundete sich mit mir und mit drei von meinen Freunden an, Amy, Stuart und Ronnie. Wir hatten eine Zeit lang viel Spaß zusammen. Aber dann ging etwas schief. Buddy fühlte sich gedemütigt, weil wir uns einen harmlosen Jux mit ihm erlaubt hatten. Er rastete irgendwie aus. Verlor völlig die Kontrolle. Und dann … hat er uns getötet. Einen nach dem anderen.«

»Nein!«, stöhnte Ashley und schlug entsetzt die Hände vors Gesicht.

»Es ist nicht wahr!«, rief Brian eindringlich. »Sie lügt.«

»Er brachte uns um. Kalt und grausam«, fuhr Maria fort, ihre dunklen Augen matt vor Traurigkeit. »Dann floh er in die Zukunft zurück. Er ist frei und ungestraft davongekommen. Bis jetzt.«

Ashley öffnete den Mund, um etwas zu sagen, wurde aber unterbrochen.

Mit einem schrillen, wütenden Schrei sprang Brian aus dem Schrank heraus, stürzte sich wie rasend auf Maria und versuchte, ihr die Fackel aus der Hand zu reißen.

Maria war fest entschlossen, ihre Rache zu bekommen. Sie wich keinen Zentimeter zurück, zuckte nicht mit der Wimper.

Als Brian einen Satz auf sie zu machte, stieß sie mit der Fackel nach ihm.

Die Flammen züngelten kochend heiß über seine Schulter.

Seine Augen wurden riesengroß vor Schreck und Schmerz. Dann stieß er einen gellenden Schrei aus und stürzte hart auf den Fußboden. Er hielt sich mit einer Hand die versengte Stelle an seiner Schulter, während er eilig in die Sicherheit des Wandschranks zurückkroch.

»Ich habe dich gewarnt, Buddy«, erklärte Maria schwer atmend. »Du kommst niemals mehr dort heraus. Niemals mehr.«

Brian, der auf den Knien im Eingang zum Schrank lag, rieb sich wimmernd die Schulter.

»Ich wollte doch nur wie Johnny sein«, jammerte

er. »Das ist alles, was ich mir gewünscht habe. Ich wollte alles erforschen, so wie Johnny es tat. Also bin ich durch den Schrank gegangen und durch Zufall ins Jahr 1956 gelangt. Ich habe dich und deine Freunde kennen gelernt. Ich habe geforscht. Ich hab's wirklich getan, genau wie Johnny.«

Er schluckte hart. »Aber ihr wolltet mich nicht wie Johnny sein lassen. Ihr musstet mich aufziehen, musstet euch über mich lustig machen, mich quälen. Ihr wolltet mir keine Chance geben. Ihr wolltet mich demütigen. Deshalb … deshalb …«

Er keuchte jetzt, versuchte krampfhaft, nicht in Schluchzen auszubrechen. »Wenn Johnny dort gewesen wäre …« Er senkte den Kopf.

Lange Zeit herrschte Schweigen im Raum. Dann drehte Maria sich zu Ashley um. »Ich habe dich vor ihm zu warnen versucht«, sagte sie. »Ich habe versucht, dich abzuschrecken.«

»Sie waren das, die mich angerufen hat?«, rief Ashley geschockt.

Maria nickte. »Ich habe dich mit Buddy bei ihm zu Hause gesehen, als ihr Tennis gespielt habt. Ich sah, wie er dich angeschmachtet hat. Genauso hat er mich vor über dreißig Jahren angeschaut. Ich wollte dich vor ihm warnen.«

»Sie haben gesagt, Sie wären tot«, erinnerte Ashley sich, und bei der Vorstellung lief ihr ein eiskaltes Prickeln den Rücken hinunter.

»Ich bin wirklich tot«, erwiderte Maria. leise. »Mein Herz ist zumindest tot. Mein Körper hat überlebt.« Sie wies auf ihre Narben. »Was noch davon übrig ist.«

»Was ist Ihnen passiert?«, fragte Ashley und musterte den entstellten Körper, die verfärbten Narben. »Hat Buddy das getan?«

»Es hätte ebenso gut sein Werk sein können«, antwortete Maria bitter. »Er hat mich mit einem Messer in den Arm gestochen und mich dann den Haien überlassen. Die Haie kamen angeschossen. Sie haben ihre Sache gut gemacht. Es tat so entsetzlich weh. Unerträgliche Schmerzen. Und so viel Blut. Grauenhafte Angst. Ich träume jede Nacht davon. Jede einzelne Nacht.«

Sie holte zitternd Luft und fuhr fort. »Als Buddy wegschwamm, verließen mich meine Kräfte. Ich ging unter. Die Haie wollten nicht von mir ablassen. Ich gab es schließlich auf, mich gegen sie zu wehren. Ich war am Ende meiner Kräfte. Plötzlich fühlte ich Hände nach mir greifen, starke Hände. Zwei Fischer zogen mich in ihr kleines Boot. Sie haben mir das Leben gerettet. Ich wünschte, sie hätten mich ertrinken lassen.«

Sie starrte in die gelben Flammen. Die Erinnerungen waren so schmerzlich, dass ihre Stimme versagte. Es dauerte einen Moment, bis sie sich wieder gefasst hatte und gepresst weitersprach.

»Die Fischer brachten mich zu einem Arzt. Sie benachrichtigten meine Tante, meine arme, entsetzte Tante. Ich wurde ins Krankenhaus eingeliefert. Ich weiß nicht mehr, wie lange ich dort liegen musste. Monate um Monate. Als ich entlassen wurde, war ich so hässlich, so entstellt. Ich wollte nicht, dass mich irgendjemand sah. Niemand sollte mich mehr anschauen.«

»Ich habe auch nie wieder Kontakt zu meinen alten Freunden aufgenommen«, fuhr sie fort. »Ich wollte keinen von ihnen sehen. Ich wollte, dass sie mich für tot hielten. Denn innerlich war ich tot.«

Sie seufzte schwer. »Meine Tante und ich zogen in eine andere Stadt. Ich lebte dort mit ihr, bis sie starb.

Damals war ich fünfundzwanzig. Ich blieb ganz für mich. Ich hatte keine Freunde. Ich war zu häßch, um Freunde zu haben.«

Maria funkelte Buddy an, der ihrem Blick auswich. Er starrte an ihr vorbei zur Tür.

»Wie … wie haben Sie Buddy jemals aufgespürt?«, fragte Ashley, schockiert und gleichzeitig fasziniert von der Geschichte.

»Ich habe das Strandhaus aufgesucht«, erklärte Maria. »Ich weiß nicht, warum. Ich erinnere mich nicht mehr. Ich nehme an, ich dachte, ich könnte den Schmerz lindern, indem ich noch einmal am Strand entlang gehe, indem ich mich der Szene meines Albtraums stelle.«

Sie räusperte sich. »Ich bin in das Strandhaus gegangen. Ich stand hier, genau hier in diesem Zimmer, als ich Buddy plötzlich aus dem Schrank herauskommen sah. Wie aus dem Nichts. Er sah mich nicht. Aber ich konnte ihn sehen. Und da wusste ich plötzlich Bescheid. Ich hatte sein Geheimnis entdeckt. Ich wusste jetzt, wie ihm die Flucht gelungen war, nachdem er uns alle getötet hatte. Die Polizei ist niemals dahinter gekommen. Aber ich.«

»Und Sie sind Buddy in die Zukunft gefolgt?«, fragte Ashley.

»Es dauerte eine ganze Weile, bis ich herausgefunden hatte, wie«, erklärte Maria. »Es ist viel schwieriger, in diese Zeit zu gelangen, als ins Jahr 1956 zurückzugehen. Aber ich war fest entschlossen, Buddy zu folgen. Und schließlich habe ich's getan. In diesem Frühjahr. Doch als ich aus der Zeitschleuse herauskam, war ich um viele Jahre gealtert.«

Sie seufzte. »Trotzdem, es war mir egal. Es spielte wirklich keine Rolle. Ich war ja sowieso tot. Mein Leben ist vorbei. Aber ich bin zurückgekommen, um sicherzugehen, dass dein Leben ebenfalls vorbei ist, Buddy.«

Er schnaubte verächtlich. »Du bist echt bedauernswert. Ich komme jetzt heraus. Ich gehe nach Hause.«

Sie hob die Fackel und eine große Flamme schoss auf. »Nein, Buddy. Ich habe dir gesagt, dass du niemals herauskommen wirst.« Sie zeigte mit der Fackel auf seine Brust. »Geh zurück ins Jahr 1956, Buddy. Die Polizei wartet bereits auf dich. Geh zurück und lass dir den Empfang bereiten, den du verdienst.«

»Kommt überhaupt nicht in Frage«, knurrte Brian. Sein ganzer Körper spannte sich an, als er sich bereitmachte, aus dem Schrank zu springen.

»Damals gab es noch den elektrischen Stuhl«, erklärte Maria ihm, während ein seltsames Lächeln um ihre Lippen spielte. »Er wartet auf dich. Geh zurück. Sofort. Es ist die einzige Richtung, in die du gehen kannst. Denn ich lasse dich nicht heraus.«

»Diese dämliche Fackel macht mir keine Angst«, erwiderte er höhnisch. »Ich habe dich einmal getötet, Maria. Muss ich es noch einmal tun?«

»Riechst du das Benzin?«, erwiderte sie ruhig. »Riechst du es, Buddy?«

Er gab keine Antwort.

Ashley hatte es draußen geschnuppert. Im Innern des Hauses war der durchdringende Benzingeruch sogar noch stärker.

»Ich habe im gesamten Haus Benzin verschüttet«, sagte Maria. Sie senkte die Fackel, bis die Flammen dicht über dem Fußboden züngelten. »Jetzt werden wir alle sterben – wirklich sterben.«

Eine Woge von Furcht schlug über Ashley zusammen. Sie rannte zum Fenster.

Maria meinte es ernst.

Sie würde das Haus in Flammen setzen und sie alle miteinander töten.

Sie war durch die Zeit gereist, hatte ihre Jugend geopfert, ihr ganzes Leben geopfert für diesen Augenblick der Rache.

Nein, bitte nicht. Nein!, dachte Ashley, während sie langsam zurückwich.

»Sei nicht albern. Gib mir die Fackel«, drängte Brian und streckte die Hand danach aus.

»Zurück!«, befahl Maria. »Zurück in den Schrank. Geh zurück, Buddy. Sie warten auf dich.«

»Gib mir die Fackel. Du wirst es nicht tun«, befahl er streng.

Maria zögerte nur einen Moment. »Du willst sie haben?«, schrie sie plötzlich. »Hier!«

Und sie sprang blitzschnell vor und stieß die Fackel gegen Buddys Brust. Es dauerte nur Sekunden, bis sein Hemd Feuer gefangen hatte.

Buddy riss entsetzt die Augen auf. Er öffnete den Mund zu einem wütenden Schrei und machte einen Satz rückwärts.

Maria beobachtete mit ausdrucksloser Miene und kalten Augen, wie die gelben Flammen an Buddys Brust hinaufleckten und über seine Schultern zuckten. Sie sah ihn wild zappeln und verzweifelt mit den Händen auf sein Hemd einschlagen, bis auch seine Arme und Hände brannten.

Ihr Gesicht war immer noch völlig ausdruckslos, ihre Augen stumpf und tot, als sie schließlich die Fackel in eine Benzinpfütze an der Tür hielt.

Mit ohrenbetäubendem Gebrüll explodierte das Strandhaus in einem Meer von Flammen und tötete sie alle.

Ich bin tot. Ich bin tot.

Die Worte hallten in Ashleys Kopf wider.

Zu ihrer Verblüffung flog sie. Flog durch die Luft.

Das ist also der Tod, dachte sie.

Tod ist fliegen.

Ich bin tot, und ich werde bis in alle Ewigkeit fliegen.

Aber sie landete hart auf der Veranda. Draußen. Die kalte, salzige Luft hüllte sie ein. Das Tosen des Ozeans war in ihren Ohren.

Ich bin draußen. Draußen auf der Veranda.

Und sie begriff, dass die Explosion sie zum Fenster hinausgeschleudert hatte, aus dem Haus hinaus, weg von den Flammen, die durch das klaffende Loch nach ihr züngelten, wo einmal das Fenster gewesen war.

Benommen rappelte sie sich auf. Sie sprang von der Veranda, während die Flammen hinter ihr zischend und prasselnd zum Himmel hinaufloderten und das Strandhaus hinter einer Wand von Feuer verschwand.

Und dann rannte Ashley über den Sand. Rannte blindlings davon. Rannte in Ross' weit offene Arme.

Ross?

Er war ihr tatsächlich gefolgt. Ross war da. Lieber, guter, alter Ross.

»Ach, Ross«, brachte sie schluchzend hervor.

Sie hörte das Strandhaus hinter sich einstürzen, als die Flammen triumphierten.

Plötzlich wurde alles um sie herum schwarz, und sie starb noch einmal.

»Alles okay«, sagte Ross und beugte sich mit besorgter Miene über sie. »Dir ist nichts passiert, Ashley. Du bist nur ohnmächtig geworden.

Ein weiß gekleideter Sanitäter stand neben Ross, ein professionelles Lächeln aufgesetzt. »Du wirst wieder in Ordnung kommen. Du hast nur einen gewaltigen Schock erlitten.«

Ashley hob den Kopf, sah die Feuerwehrleute. Sie schienen überall zu sein. »Das Strandhaus ...« flüsterte sie alarmiert.

Ross legte einen Finger an die Lippen. »Pssst. Bleib ruhig liegen. Immer mit der Ruhe.«

»Aber das Strandhaus ...«

»Es ist hinüber«, erwiderte er. »Nichts ist übrig geblieben außer Asche.«

»Und Buddy und Maria?«, fragte sie, während sie sich mühsam auf die Ellenbogen aufrichtete und gegen das Schwindelgefühl ankämpfte.

»Wer?«

»Brian und Mary?«, verbesserte sie sich.

»War das die Frau?«, fragte Ross verwirrt. »Mary, die Haushälterin bei Brians Eltern?«

Ashley nickte. Sie setzte sich langsam auf. Jemand hatte eine Decke unter sie geschoben, um sie vor dem nassen Sand zu schützen. Sie holte tief Atem. Die Luft war erfüllt vom süßlichen Geruch verbrannten Holzes, als hätte jemand ein Strandfeuer angezündet.

»Die Feuerwehrleute haben die Leiche einer Frau gefunden«, erklärte Ross. Das ist alles. Sonst niemanden.«

»Sonst niemanden?«

Er schüttelte den Kopf.

Ashley starrte auf die verkohlten Trümmer des Strandhauses. Ein Haufen schwelender Asche. Die Feuerwehrleute waren immer noch beim Löschen.

Wo ist Brian?, fragte sie sich.

Sie hatte ihn in Todesangst aufheulen hören, als die Flammen über seinen Körper krochen.

War er in den Schrank gefallen? War er ins Jahr 1956 entkommen?

Aber von Entkommen konnte keine Rede sein. Selbst wenn er das Feuer überlebt hätte, würde ihn dort seine gerechte Strafe erwarten.

Und jetzt, nachdem das Strandhaus vollständig zerstört war, gab es für Buddy auch keine Möglichkeit mehr, zurückzukehren.

Brian. Buddy. Buddy. Brian.

»Da kommen deine Eltern«, sagte Ross und zeigte über den Strand. »Ich habe dafür gesorgt, dass die Feuerwehr sie benachrichtigte.«

Ashley stand auf und lief ihnen erleichtert entgegen.

»Ashley, um Gottes willen, was ist passiert?«, rief ihre Mutter.

»Tja, das ist eine ziemlich lange Geschichte«, erwiderte Ashley.

»Wie fühlst du dich?«, fragte Ross, während er in den Ocean Drive einbog.

»Super. Ich fühle mich echt super«, meinte Ashley. Sie lehnte sich im Beifahrersitz zurück. »Besonders, weil der Sommer so gut wie vorbei ist.«

Ross und Ashley machten eine lange Spazierfahrt im Wagen seiner Eltern. Ashley hatte kurz zuvor erklärt, sie würde am liebsten fahren und immer weiter fahren und niemals mehr zurückschauen. »Geradewegs in die Zukunft«, hatte sie gesagt.

Und Ross, der froh und erleichtert war, wieder mit ihr zusammen zu sein, brannte darauf, ihr den Wunsch zu erfüllen.

»Es ist ein langer, schrecklicher Sommer gewesen«, meinte er nachdenklich, als er den Windungen der schmalen Straße zu den Dünen folgte.

»Ich möchte nicht darüber reden«, erwiderte sie. »Ich will wirklich nicht mehr daran erinnert werden. Lass uns einfach durch die Gegend fahren, okay? Ich möchte mich einfach nur zurücklehnen und diesen Abend genießen.«

»Klingt nicht schlecht«, meinte er lächelnd und drückte ihr die Hand.

»Und ich habe noch eine Bitte«, sagte Ashley und blickte ihn von der Seite an.

»Und die wäre?«

»Bitte stell diesen Oldiesender ab!«

Ross suchte gehorsam einen anderen Sender im Autoradio, und sie fuhren weiter durch die sanft hügeligen, silbrigen Dünen.

R. L. STINE

Teen-Horror vom Feinsten

Im Wilhelm Heyne Taschenbuch bisher erschienen:

Der Anruf (01/13389)

Die Halloween Party (01/13390)

Der Anhalter (01/13391)

Die Geisterfahrt (01/13392)

Die Babysitterin (01/13393)

Tödliche Freundin (01/13394)

Die Stimme aus dem Jenseits (01/13474)

Die große Prüfung (01/13479)

Todesgeflüster (01/13478)

Die letzte Verabredung (01/13477)

In Vorbereitung:

Halloween – Die Nacht des Grauens (01/13475)